義妹は浮気に
含まれな
お兄ちゃん
It's not cheating
if it's with your step-si

「ご主人様……食卓に参りましょう?」
「まあ俺は陰キャ側でも構わない」
つきがせまなか
月ヶ瀬愛歌
蒼の義妹。中学二年生。明るく人懐っこい性格と整った容姿で人気の美少女。コスプレをこよなく愛し、有名コスプレイヤー〈マナマナ〉として活動している。蒼のことが大好きだが、過度なスキンシップを避け、弟じみた振る舞いを心掛けている。
つきがせそう
月ヶ瀬蒼
陽翔学園高等部に通う一年生。オタクで陰キャ。裁縫が得意で、愛歌のためにコスプレ衣装を作っている。常に制服でファッション知識もゼロだが、色彩感覚や立体把握能力に秀でた天才。容姿は整っているが、愛歌が可愛すぎるため自分は平均以下だと思っている。

「嬉しいな。やっとあなたと話ができる」
星乃栞（ほしのしおり）
蒼のクラスメイト。現役の雑誌モデルとして活躍する学園カーストの頂点。圧倒的な美貌とクールな性格から『氷の女帝』と呼ばれているが意外と気さく。密かにコスプレにも憧れており、コスプレイヤー〈マナマナ〉の大ファン。蒼にコスプレ衣装を作って欲しいと熱望している。

「――……。」
氷の女帝。彼女の高校生活は、すべてがコスプレだったのだ。
毎日コーディネートを変えて、カーストの頂点に君臨するキャラクター……。
昔話を終えて、栞は足を止めた。

「あの時から、月ヶ瀬くんのことがとても好きです」

「お兄ちゃんは私のっ！　お兄ちゃんだって、
私のこと大好きなんだからっ！」

「お兄ちゃん大好きな甘えん坊
マナマナ……可愛い！　尊いっ！！」

It's not cheating if
it's with your step-sister.

CONTENTS

義妹は浮気に含まれないよ、お兄ちゃん1

三原みつき

ファンタジア文庫

3141

口絵・本文イラスト　平つくね

プロローグ　陰の世界

　教室という檻にいる限り、俺たちは〈スクールカースト〉から逃れることはできない。

　子供を閉鎖的な場所に押しこめれば、同じ趣味、同じ価値観の集団でまとまっていくのは当然の成り行きだ。そして奇妙な物差しを振りかざして、

「あいつらは俺たちよりイケてる」「あいつらは俺たちより下」

　などとマウントを取りあい、うっすらとした上下関係を築いてゆく。

　その透明なしがらみは、ある者には強固な自信を与え、ある者には呪いを授ける。

　同じスポーツでもサッカーやバスケはすこぶる印象が良く、野球は坊主なのがネックで、卓球は何故か低く見られがちだ（なんでだ？）。

　一方でオタク趣味も世に認められつつある……とはいうものの、マンガをたしなむ程度ならともかく、アイドルや声優の追っかけだとか、鉄道をこよなく愛してみるとか、プラモを本気で作ってみるとか……マニアックな深掘りをすればするほどドン引きされる。

　卓球やプラモに罪があろうはずがない。完全なる偏見だ。

しかし誰もがみんな根拠のない偏見を疑いもせず、空気を読みつつ生きている。

夢中になれる何かがあるって素晴らしい！……なんてのは確実に綺麗（きれい）ゴトで、何でもいいわけではない。なんなら薄っぺらい趣味の方がカッコイイまである。

でも趣味なんてものは、本来そんな打算で決めるものではなくて。

好きでやっていることで息苦しさを感じねばならないなんて、まさしく呪いだ。

……まあ俺は陰キャ側でも構わない。

自分の中に揺るぎない『芯』さえあれば、どう道を踏み外そうとも平気なものだ。

誰にどう思われようとも、今、自分が立っている場所が俺の居場所というわけさ。

……なんて言ったら、カッコつけすぎだろうか。

——月ケ瀬蒼（つきがせそう）という少年は、そういう高校一年生だった。

やばめの重い趣味を呪いのごとく抱えて、強くこっそり生きている。

◇

「蒼、みんなでカラオケに行くってよ」

放課後、教室をとっとと出ようとしたところで、蒼はそう呼び止められた。

振り返ると、クラスメイトたちは誰も帰ろうとせず、教室に残ったままだった。

声をかけてきたのは、小関直也(こせきなおや)という友人だった。

蒼より少しだけ背が低い。そのためぺったりとした髪に自然と目がいく。

——今朝、登校してきたときは髪がツンツンに立っていたのだが、ワックスのつけすぎで白い粉が浮いていた。蒼がそれを指摘すると、彼は慌ててトイレに駆けていってワックスを洗い流し、濡(ぬ)れネズミになって戻ってきた。

その姿に教室中が笑いに包まれたが、悪意のないほのぼのとした笑いだった。

「ワックスって常に持ち歩かなきゃダメなんだな」

彼がそう言って照れ笑いすると、愛のある笑いがさらに起こった——。

高校一年の春らしいエピソードだ。

そんな彼は弄(いじ)られキャラとして、陽キャからも陰キャからも親しまれている。

蒼にとっても、もっとも仲の良い友人のひとりだった。

「みんなでカラオケ？　今さら親睦会的な？　聞いてないぞ？」

入学式から数週間ほどが経(た)ち、すでに教室には明確なグループが生まれていた。

今さら全員参加のカラオケなんて行きたくない。

十八番の『コスモリリカル天使ルナ&ステラ』の主題歌『スターダスト伝説』を熱唱しようものなら、さぞかし場が凍りつくに違いない。

好きな歌を自由に歌えないカラオケに、何の価値がある?

「用事があるから、不参加ということで頼む」

「ちょ、待てよ! ……参加しておいた方がいいぜ」

直也は忠告するように耳打ちしてきた。

「言い出しっぺが星乃さんなんだよ」

「星乃さん? カーストトップの星乃さんが、どうして?」

「知らんけど……クラスのいろんな人と、もっと交流してみたいんだってさ」

〈氷の女帝〉が主催の、カーストの垣根を越えたパーティーか……。

蒼は再び教室を振り返った。

すると、目が合った。

女子たちの大半が蒼のことなどどうでもよさそうにおしゃべりをしている中で……彼女はじっとこちらを見つめていた。

放課後の色あせた教室の中で、吸い込まれそうになる両の瞳だった。

星乃栞(しおり)――この高校の頂点に君臨するカリスマ的少女。

なぜ彼女が頂点かというと、美人でオシャレだからだ。圧倒的に。

不思議なくらい重さを感じさせない黒髪に、ミステリアスな切れ長の瞳。

その容姿はまさに『クール系美少女』の完成型。

春らしいボーダー柄のカットソーにメンズっぽいジャケットを羽織っているが、下半身(ボトムス)は一転して女の子らしいふんわりとしたスカート。そのバランスがやけに洒脱(しゃだつ)で、ファッションにうとい蒼にも垢抜(あかぬ)けた雰囲気を感じさせる。

――ここ陽峰(ようほう)高校には制服があるが、私服登校も許されている。

いかにオシャレな私服で登校するかが、陽キャたちのステータスとなっていた。

オシャレさ＝戦闘力。彼らはファッションでマウントを取り合う。

逆にセンスに自信のない蒼や直也は、いつも制服だ。

すなわち典型的な陰キャ。

陽峰高校では、制服は陰キャの目印なのである。

――その星乃栞が、微笑(ほほえ)みを浮かべ、こちらに片手を揺り動かした。

……え？　今、『俺に手を振った』のか？

他の誰も、栞のその仕草を見ていないようだった。幻覚かな？

「参加した方がいいぜ？　この高校じゃ、氷の女帝に逆らったら生きていけねえ……」

直也がおどろおどろしい声で耳打ちする。そんな大袈裟なこと、あるわけないだろ。

「本当に用事があるんだよ。逃げる口実とかじゃなくて」

蒼はもう一度、栞にちらりと目を向ける。

彼女はいまだにこちらを見ていた。……わりと熱視線な気がした。

しかしそれに背を向けて、蒼はクラスでただ一人、教室から出て行った。

蒼は自転車通学だが、家ではなく駅に向かって自転車を走らせた。

自転車を駅に駐め、電車で数駅。埼玉から東京へと渡り、池袋にやってくる。

クラスの陽キャたちは、わざわざこの駅まで来て服を買うらしいが……、

蒼の目的地はもちろん、ファッションビルなどではない。

ひと気のない路地に外れてゆき、高校生が立ち寄りそうもない雑居ビルの薄暗い地下へと下りていく……。

重々しい扉を開くと、光が溢れ出た。

光の中から、少女が駆け寄ってきた。

「遅いよ、お兄ちゃん！」

「予約の十分前じゃないか」

スマホで時間を確認して、ほっとする。予約は厳守、それがマナーだ。

「だが！　私より遅かった！」

「中等部じゃねーか、おめーは」

月ヶ瀬愛歌(まなか)――蒼の義妹(いもうと)。一つ年下の陽峰中等部三年生。

背は低いが、スタイルは抜群に良い。義妹なのだから似ていなくて当然なのだが……、
そして両目がキラキラと大きい。ものすごく小顔で、脚が長いのだ。

まるで二次元から出てきたかのような美少女だ。

感情が表に出やすく、演技映えする顔でもある。

蒼は学生カバンから巨大なカメラ――デジタル一眼レフを取り出し、カバンを受付のお姉さんに預けた。余計な手荷物は持ち込まない。

ひと足はやく学校が終わっていた愛歌は、自宅から巨大なキャリーバッグを運び込んできていた。必要なものはすべてそこに収まっている。

二人は予約していたスペースへと一歩踏み込む。

そこはコスプレ専門の〈撮影スタジオ〉だった。

「さあ……作品を完成させるか」

キャリーバッグを開くと、蒼が自作した衣装が畳み込まれている。

一ヶ月ほどかけて、つい先日ようやく形になったものだ。

しかしコスプレ衣装は、衣装だけでは完成しない。

相応しい中身と、舞台が必要だ。

「ほら」と、蒼は衣装を愛歌に手渡す。

「んゆ」と舌っ足らずに答えて受け取った愛歌は、蒼の背後に回って着替えをはじめる。

更衣室がないタイプのスタジオだったが、兄妹だから問題ない。

蒼はその間にメイク道具を点検していく……。

「はい、お兄ちゃん」——着替え終えた愛歌が顔を寄せてきた。

髪の毛もきちんと〈ウィッグネット〉に収めている。

これはウィッグを被るために元の髪をコンパクトに収める道具だ。

「よし……」蒼はメイク道具を手に取り、気合いを入れる。

仕上げのメイクも蒼の仕事だ。

彼女の愛嬌をさらに引き立たせるのも、あえて大人っぽい色気を滲ませるのも、すべては蒼の手にかかっている。こんなに楽しいことが他にあるだろうか？

月ヶ瀬蒼のクラスメイトの誰にも言えない趣味とは……、
美しい義妹をさらに美しい『作品』に変えることだった。

隠すものなど何もない愛歌の白い肌に、メイクを施していく。

大きな目をさらに大きく。くっきりとした目鼻立ちをさらにくっきりと。

天然自然の美しさだけでは、大好きな幻想（アニメ）に追いつけない。

だから人の手で努力を尽くさねばならない。それがコスプレだ。

蒼の脳裏からあらゆるものが消えた——クラスメイトのこととか、カーストのこととか、今頃行われているはずのカラオケ会とか、星乃栞のミステリアスな仕草だとか。


レンタルした小道具で、スタジオ内をさらに飾り立ててゆく。

いくつものライトの強さや向きを丹念に調整し、理想の陰影（コントラスト）を生み出してゆく。

ステージの中心で、二次元でも三次元でもない妖精となった愛歌が舞う。

この瞬間の義妹は、たぶん世界でもっとも美しい。

一瞬の輝きを余すことなく逃さず、蒼はデジタル一眼レフのシャッターを切った。
そうして撮影された写真は、編集ソフトでさらに調整(レタッチ)が加えられ……、
コスネーム〈マナマナ〉の新作として、ネットの世界に広がっていく。
二人で一人の兄妹コスプレイヤー。
今、日本でもっとも有名なコスプレイヤーの一人。
その名は陰の世界で燦然(さんぜん)と輝いている。

◇

——それで満足していた。
だから、当たり前の高校生活とか、陽キャっぽい青春とか。
彼女を作るとか……。
そういうものに悩まされる未来なんて、想像すらしていなかった。

一章　月と星のめぐり

〈氷の女帝〉などという大袈裟な異名（あだな）を持ったクラスメイトがいる。

星乃栞（ほしのしおり）。彼女は入学してからほんの数日でこの高校の頂点に立った。

もともとは〈王子（プリンス）〉と呼ばれる三年生が頂点に君臨していたらしい。

甘いルックスのイケメンでひときわオシャレ。インタビューつきで雑誌スナップに掲載されたことがあり、周囲から一目も二目も置かれていたという。

だが王子にとって不幸なことに、星乃栞は現役バリバリのモデルであった。

格の違いは明らかだった。アマチュアとプロである。しかし王子は屈しなかった。

男には逆転の手があった。彼女を口説いて、自分のものにすればいい。

『現役モデルと付き合っている男』となって、彼女の持つステータスを吸収してしまえばいいのだ。王子は全力で栞を口説きにかかった。

動いたのは王子だけではない。〈サッカー部の統率者（カリスマ）〉、〈陸上部の天馬（ペガサス）〉、〈生徒会の騎士(シュバリエ)〉、〈校舎裏の堕天使(ルシファー)〉……などなど、なんかよくわからん異名を持ったイケてるメンズが一斉に栞に群がった。

彼女を墜(お)とせばこの高校の頂点に立てるとばかりに。

そのことごとくを、栞は冷徹に返り討ちにした——徹底的な無視によって。

イケメンたちは何をしても、どう迫ろうとも、まともに視線すら向けてもらえず……、

やがてすっかり意気消沈し、姿を見せなくなっていった。

以来、彼女に話しかける男子はだれもいない。

そうして新聞部が彼女につけた異名が——氷の女帝。

……彼女の笑顔を見たことのある男子など、いないはずなのだ。

◇

男子から畏怖されている一方で、女子からは崇拝されている。

栞は一日とて同じ格好をしたことはなく、常に新鮮なコーディネートを披露する。

女子たちはこぞって彼女の真似(まね)をした。星乃栞こそがモードでありトレンドであった。

その日もまるでファッションショーのごとく星乃栞は教室に現れた。

春の風が吹き込んだかのように、スプリングコートをたなびかせて颯爽と歩く。

大人っぽいコートの内には、うってかわってスポーティーなスウェット。

首元と裾からチェック柄のシャツを覗かせ、絶妙なアクセントを添えている。

女子たちが一斉に「かっこいー！」だの「かわいい！」だのと矛盾した歓声をあげた。

だが実際に、わかる。……確かにかっこいいし、かわいいのだ。


「おはよう、みんな」

栞は笑顔で挨拶を返しつつ、イケてる女子グループの輪に加わっていく。

――蒼はイケてない男子グループの仲間とともに、それを眺めていた。

「今日もカッコかわいいな、女帝」

小関直也がそうつぶやいた。蒼は「うむ」と頷いた。

星乃栞は異なる要素をミックスさせるのがいつも上手い……気がする。

もしも彼女が全力でかわいい格好をしたら、かわいすぎてあざとくなるだろう。

もしも彼女が全力でクールな格好をしたら、かっこよすぎて近寄りがたくなるだろう。

素のスペックが高すぎるから、キメすぎると日常感が失せるのだ。だから彼女は色んな要素をミックスさせることで、デイリーウェアとしてのバランスを取っている。

だから——蒼は密かに想像する。

もしも彼女にコスプレをさせたら、どうなるだろうか……。

あの美貌は日常服ではなく、空想世界のコスチュームでこそ輝くに違いない……。

「あそこまで美人だと仲良くなりたいって妄想すら恐れ多くてできないよねえ……」

友人の北島称徳が、しみじみ言った。

称徳は三次元での欲望をすべて捨てているタイプのオタクで、穏やかな笑みを常に絶やさない。ぽっちゃりとした体形も相まって、なんだか大仏のように見えるナイスガイだ。

彼が怒るときなんて、ガチャで爆死したときぐらいのものだ。割とよくある。

……頭の中で、まさに勝手な妄想を繰り広げていた蒼は、ギクリとした。

美少女を目にすると、つい脳内でコスプレさせてしまう。

それが〈コスプレ馬鹿〉——月ケ瀬蒼の密かな悪癖だった。

「確かに仲良くなるなら、ちょっとかわいくないぐらいの女子の方が気楽でいいよな」

直也が「へへへ……」と卑屈に笑った。

蒼は直也と称徳と三人でいることが多い。

教室での蒼は、アニメ、マンガ、ゲーム、ラノベがひと通り好きな平凡なオタクだ。

ディープすぎる本当の趣味は、陰キャ仲間にも隠していた。

義妹をコスプレさせるのが生きがいだなんて、面白すぎて一瞬で広まるだろう。

そしてきっと誰からも共感されない。

好きなことをバカにされるのは、もうまっぴらだ。

「ところでさ……やっぱり俺たちも、そろそろ〈私服デビュー〉するべきだと思うぜ！」

直也が唐突に言った。蒼は「え？」と間抜けな声を返した。

直也は大袈裟な演説口調で、やおら語り始めた。

「ここ陽峰高校においてオシャレさ＝戦闘力であることは、諸君らも知っての通りだ！こうして制服を着ているのは、戦うことすら放棄しているに外ならない！」

「実際、放棄してるもんな。陽キャどものオシャレマウントバトルなんて」

蒼がそう返すと、称徳も「うんうん」と頷く。

「無理して陽キャになんてなろうとせず、ぼくらはぼくららしく生きればいいじゃない。ところで昨晩の『コスモリリカル天使ルナ＆ステラ』……良かったよね」

「あれ激アッツだったな！」蒼は思わず身を乗り出した。

「地球人を根絶やしにするべく起動したコスモ大量殺戮兵器〈メガトン・メテオ〉を止めるため、月と星の力を借りて天使に変身したルナとステラが宇宙を翔ける……」

「迎え撃つコスモ殺戮軍の新型機動ロボの軍勢……！」

「古き良きスペースオペラと魔法少女をミックスさせた骨太なストーリーが、俺たち違いのわかるオタクの心をつかんで離さない……！」

蒼がルナのキメポーズを取ると、称徳は機動ロボのモノマネをはじめる。超楽しい。

「やめろ！」

直也が悲鳴をあげて会話を遮った。

「キメポーズ取ってんじゃないよクソオタク！　教室で深夜アニメの話をするな！」

「別に俺たちのことなんて誰も気にしてないだろ。リア充たちは昨日食べたタピオカの話とかに夢中だよ。どうする称徳、俺たちも放課後タピる？　タピっちゃう？」

「してねえよ！　タピオカブームなんてとっくに去ってるんだよ！」

称徳は大仏顔を歪めて鼻で笑った。「フフッ、そんな話をして何が面白いのやら」

「ええっ、そうなの⁉」「知らなかった……そんなの……」

「は～あ。これだからおまえらは」直也はバカでかいため息をついた。

蒼はチラリと教室を見回した。

クラスメイトたちは各々のグループの会話に夢中で、教室の隅でオタクトークをする陰キャトリオのことなど誰も気にしていない。当然のことだ。

と、思っていたのだが、一人とだけ目が合った。

——星乃栞が、例の吸い込まれるような眼差しで、こちらを見ていた。

そしてくすっと、微笑みをこぼした。

……カーストトップに、オタクトークに夢中な姿を笑われてしまった。

……氷の女帝って、あんなふうに笑う子だったのか？

「アニメの話にすり替えるのはやめろ！　オシャレの話だよ、ファッションの話がしたいんだよ！　今日の放課後はさ、私服を買いに行こうぜ！」

直也が必死の声をあげるから、仕方なく彼に向き直った。

「どうしてそんなこと急に？」

「急な話でもないさ。週明けの月曜に、席替えがあるじゃないか」

席替えといえば、交友関係が一気に広がるチャンス！

無料ガチャキャンペーンみたいなイベントだ。

それを機にオシャレをはじめる……。なるほど、確かに理に適った考えといえよう。

「でも私服デビューをするったって簡単なことじゃないぞ。それは陽キャたちとの過酷なオシャレマウントバトルに否応なく身を投じるってことだからな……」

オシャレマウントバトル……それはオシャレ＝戦闘力という計算式で行われる強制バトルである。陽キャたちと目が合ってしまったら、もう逃げられない。

この学校の陽キャは、どいつもこいつも顔を合わせるとすぐにお互いのファッションについて口を出し合うのだ。

それは決してただの雑談ではなく、お互いのプライドを懸けたバトルである。

『いいじゃん、それ！』もしくは『ダサくね、それ』といった感じの言葉で決着がつく。

制服が論外なのはもちろんだが、ここでダサ認定をされてしまってもアウトだ。

一度ダサいイメージが定着してしまえば、上位カーストに加わることはできない。

この恐ろしい風習を、蒼は〈オシャレマウントバトル〉と呼んでいた……。

「私服デビューするにしても、相談する相手を致命的に間違えてるよねえ」

称徳が苦笑いをする。まったくだ。

「俺たち以外に一緒に買い物に行こうって誘える相手がいないんだよ。かといって一人でオシャレなショップに足を踏み込む勇気もないんだ。典型的な半端者（キョロ）だな」

「うぐっ！」と、直也は呻（うめ）いた。

そもそも……この制服の何が不満だっていうんだ。

蒼はファッションはわからないが、服の良し悪しはわかる。

私立陽峰高校の制服は紺色のブレザーに灰色のスラックス、あるいはスカートだ。

ウールとナイロンが混紡（こんぼう）された生地で、重厚な質感とタフさを兼ね備えている。

有名デザイナーが手掛けているとのことで、配色もシルエットも申し分がない。

これを自作しようとしたら、いったいいくらかかることか……。

陽キャどもが着ているペラペラな服より、遥(はる)かに上質じゃないか。

そもそもこの制服という『コスチューム』をちゃんと着こなせている奴(やつ)が、どれほどいるだろう？

「直也、入学してから一度でもスラックスにアイロンをかけたことがあるか？」

直也は「え？」と目を丸くした。

「このスラックスは真ん中に折り目がピシッと入ってこそ美しく仕上げられているのに、ほんの数週間ですでにぐしゃぐしゃのシワシワじゃないか。ブレザーもスラックスも、脱いだら脱ぎっぱなしにしてるだろ」

「うぐ……」

「だいたいなんだ、そのブッサイクなネクタイは。結び目が歪(いびつ)すぎだぞ」

「蒼、言ってることがお父さんみたいだよ」

称徳が温和な笑みを浮かべて二人の間を取り持った。

「でも、言うだけあって蒼は制服が似合ってるよね。板についてるというか……」

制服派の陰キャたちは、ほとんどが入学したてだからとブカブカな制服を着ている。

しかし陽峰高校の制服には、生徒の成長に合わせて一度だけ無料でサイズ直しをしてくれるという裏技的なサービスがあるのだ。

パンフレットの隅にこっそり書いてあるだけなので、あまり知られていないが……。

ゆえに蒼は最初から完璧なサイズ感で制服を着こなしている。

「今着ている服を着こなせないくせに、新しい服を買ってどうする！」

蒼は決め台詞（ぜりふ）のようにバシッと直也に言った。

「……確かに、そうだね」

女の子の声が、蒼の発言に相づちを打ったかのように聞こえてきた。

他のグループの雑談が、たまたまタイミングよく噛（か）み合っただけかもしれない。

声が聞こえた方に顔を向けると……星乃栞が、こちらを見ていた。

彼女は再びミステリアスな微笑みを一瞬だけ浮かべ、すぐに周囲の女子たちに向き直った――蒼の心臓がどくんと鳴った。

「こ、これはわざと着崩してるだけだもんっ‼　制服なんてキチっと着たって野暮ったいだけだろっ‼」

直也が顔を真っ赤にして反論する。

「直也……無理をするのはやめようよ」

称徳が直也の肩を抱き、穏やかな声でなだめた。

「急に背伸びなんてしても、きっとろくなことにならないよ。直也はそういう空回りをしてばかりじゃない。今すぐにとかじゃなかったら、ぼくらもちゃんと付き合うから、さ」

よ。来週までにオシャレになろうなんて考えないで、じっくり準備しよう
「称徳……」

直也が瞳を潤ませる。まさに大仏のごとき優しい声で、称徳は囁いた。

「……今日は本屋に行こう。富士見ファンタジア文庫の発売日だから。異論は認めぬ」

ラノベの新刊が欲しいだけのクソオタクだった。

◇

「お兄ちゃんおかえりっ！　今日の晩ご飯はなななななんとっ！　ジャジャーン、肉野菜炒めだよ！」

帰宅し、玄関を開けると、義妹の愛歌が飛び出してきた。

「おまえ、いつも肉野菜炒めばっかりじゃないか」

「今夜は肉の量が違うの！　豚コマがグラム88円だったんだよ⁉　……あら？」

蒼の後ろの来客──直也と称徳に気づくと、愛歌は目を丸くした。

二人は、挙動不審気味に挨拶をした。

「こ、こんにちは、愛歌ちゃん！　俺のこと、覚えてるかな？」

「お、お邪魔します……。蒼くんには日頃から、おおお世話わわになってます……」

──本屋に寄った後、家に寄っていくことになったのだ。

学校から近くて両親がいない蒼の家は、格好のたまり場となっていた。

「お久しぶりです、直也さん、称徳さん」

愛歌は礼儀正しく頭を下げた。

年下の美少女に名前を呼ばれて、直也と称徳はデレっとした顔をする。

まだ制服姿のままだ──スーパーに寄り道して帰ってきたばかりだったのだろう。

中等部も私服が許されているが、彼女もファッションには興味がない。

「……グラム88円だなんてお恥ずかしい。普段はもっと良いお肉を食べてますことよ」

愛歌は芝居がかった仕草で「オホホ」と笑った。何キャラだ。

「いやいや……しかしマナちゃんすごいよね。まだ中学生なのに、毎日ご飯とお弁当を作ってるなんて。特売までチェックしちゃってさ。すごいよ」

豚コマの相場など知りもしないだろう直也が、愛歌をヨイショする。

……本当は自炊なんてしなくて大丈夫なぐらいの食費を親から渡されている。

愛歌が自炊に励むのは——食費を少しでも浮かせてコスプレ費用に充てるためだ。

料理の仕方は、グー〇ル先生から学んだ。

「月ヶ瀬家家訓……『大抵のことは、ググればできる』！」

愛歌がえっへんと胸を張る。……それはガチの真理であった。

母から何も習うことなく育ったが、蒼たちは立派に暮らせている。

蒼の母親は、小学一年生の頃に病気で亡くなった。

父親は、子供たちが育つにつれて、仕事で家を空けがちになった。

それでも生活費は潤沢に送ってもらえている。兄妹二人の生活に何も問題はない。

「蒼もちゃんと家事してるのか？　かわいい妹に押しつけてるんじゃないだろうな～？」

直也が横目でからかってくる。失敬な。

「いえいえ、うちのお兄ちゃんもこれでなかなか働き者ですことよ？」

「家事はちゃんと二人で分担している」

「月ヶ瀬家家訓……『兄妹はいつでも一心同体』！」

愛歌が元気に声をあげ、右手を掲げる。

蒼はパチーンと手のひらを重ねてハイタッチした。

「えへへ、ちょっち痛い」と、愛歌が白い歯を見せて笑う。

「力入れすぎたか」

「お兄ちゃんはよー、でっかく成長したって自覚がねーからよーっ」

愛歌がげしげしと蹴りを入れてくる。ちっとも痛くない。

「あ、相変わらず仲の良い兄妹だね……」

称徳がもごもごと口を開く。

「おしどり夫婦でございます」

愛歌がお辞儀しながら言う。その頭を、蒼はぺしんと小突いた。

「オタク相手にそういう冗談を言うと真に受けられるから、やめろ」

「お？　妹ルート？　妹ルートきちゃう？　いいぜ！　来いよ、オラァアアアア！」

「そんなプロレスラーみたいな挑発する女のルートを選ぶプレイヤーなぞおらんわ」

もう一発、愛歌の頭をぺしんと小突く。「あうっ」

「いつまでも立ち話してないで、部屋に行こうぜ」

蒼は友人二人に向き直った。そのとき、ピピピという電子音がした。

我が家の冷蔵庫が開きっぱなしになっているときの警告音だ。

「おい」と、蒼は愛歌を睨む。

「おっと、買ってきた食材を冷蔵庫に入れてる途中だったぜ！」

愛歌はぴゅーっと台所の方に引っ込んでいった。


「いやあ、かわいいよなあ……マナちゃん」

部屋につくなり、直也が鼻の下を伸ばした。

「それほどでもないだろ」蒼は素っ気なく答えた。

確かに容姿は整っている。美少女といっていい。愛嬌もある。一緒にいて楽しい。

しかしコスプレしていない素だと、どうにも色気の足りないやつなのだ。

「それほどでもあるだろ。見慣れすぎて目がおかしくなってるのか？　あれなら通ってる学校で一番とかっていうレベルだろ」

「学校で一番とかっていうなら……星乃栞には負けるだろ」

蒼がそう答えると、部屋のドアがガタガタと音を鳴らした。

なんか揺れている……？

どこか窓を開けっぱなしにしていただろうか？

「そこは好みが分かれるところだな。クールな星乃さんと明るいマナちゃん……」

「マナちゃん、アニメキャラみたいだよね！　目が大きくて、声もアニメ声で！」

「確かに……等身大フィギュアみたいな雰囲気があるな！」

直也と称徳が二人できゃっきゃと盛り上がる。

確かに愛歌は、普段からアニメキャラっぽい仕草や表情を意識している。

そんな愛歌がメイクをし、コスプレ衣装を身につけ、カメラを向けられると……、
その瞬間——別人のように妖しく、小悪魔じみた艶が表情に浮かぶのだ。

だがその表情が浮かぶのは、不思議とカメラのファインダー越しだけのことで……。

普段の愛歌はただのアホの子だ。義兄の蒼には、そう感じる。

「しっかしマンガやアニメじゃ定番だけど、美少女の妹と二人暮らしの実態って……ちっとも想像つかねえな。実際、どうなんだ？」

直也の問いかけに、蒼は「どう、とは？」と首を傾げる。

「こう……異性として意識したり、ふいにムラっときたりすることってあるのか？」

「マ、マナちゃんの方も蒼のことを意識してたり⁉」

直也と称徳は、肩を寄せ合って奇声をあげた。

「「うっひょーっ‼」」

愛歌と血が繋がっていないことを、蒼は二人に教えていなかった。

教えたら、さぞかし面倒くさい反応をすることだろう。

しかし蒼にとっては血が繋がっていようといまいと……愛歌は自分がもっとも苦しいときに支えになってくれた、かけがえのない家族だ。

あまり下世話な想像を膨らませてもらいたくない。

「ないよ」蒼はきっぱりと言った。

「ない、全然ない。あり得ない。そういう対象じゃない。子供っぽいし。ほんと無理」

ガタンガタン、と再び部屋のドアが音を鳴らした。

さっきから、一体なんだろう。

それはまるで、誰かがドアにへばりついて盗み聞きをしつつ……、
聞き捨てならない言葉を聞いて身じろぎしているかのような……。

「でも着替え中に遭遇したり、お風呂でばったりニアミスしたり、そういうラッキースケべってあるもんだろ？」

「ないよそんなもん。あいつ、あれでしっかりしてるし」

蒼はチラリとドアに視線を向ける。

……たとえ聞かれていたとしても、困るような話はしていない。

「あいつは俺にとってバカな弟みたいなもんだよ」

ドアは不気味に静まりかえった。

「ふうん……そうなると、いかに美少女の妹がいても、おまえも俺たちと何も変わらない陰キャのオタクに過ぎないってことだ」

「別に妹自慢をしたことも、いい気になったこともないんだけどな……」

ならば、と直也は拳を強く握り締めた。

「やはり俺たちは一度きりの青春を輝かせるため、私服デビューに挑まねばならない！」

「そこに話が戻るのかよ……」

「もったいないぜ、蒼。俺、蒼は磨けば光る玉だと思うんだよなぁ。良い感じの『雰囲気イケメン』になれそうな気がする。俺が保証するぜ」

「自分が光ってから言え」

蒼は自分に変化が必要だとは思っていない。

さりげなく強引に、話題を変えることにした。

「そういえば俺……最近やたら星乃栞と目が合うんだよな。もしかして……ワンチャン、脈があったりするのかな？　ふふふ……」

「はあ!?」「ええっ!?」

直也と称徳は声を合わせて叫んだ。

「あるわけねえ――ッだろ！　正気に戻れ‼　氷の女帝だぞ!?」

「蒼、きっと幻覚を見たんだよ……なんか悪いキノコでも食べたんじゃない？」

部屋のドアもポルターガイストのごとくガタン！　ゴトン！　と音を鳴らした。

「そこまで否定しなくてもいいじゃないか」

確かに蒼自身、あり得ないことと思っているのだが……。

◇

――直也と称徳が帰ってしばらくして、夕食の時間となった。

「ご主人様……晩ご飯ができました」

ノックとともに蒼好みの清楚な声が聞こえてきて、ドアが開かれる。

幼くあどけないロリメイドが、おずおずと姿を現した。

蒼は一瞬、何が起こったのかと混乱した。

蒼が中学時代にハマった人気ライトノベル作品『このメイドは俺が育てた』のヒロイン、『御手洗メイ』が……そこにいたのである。まるで幻覚のようだった。

蒼がとっさに『うおおおおっ！　メイたん萌えええええっ！』と叫ばなかったのは、それが愛歌のコスプレだとすぐに気づいたからだ。

というか、自分が縫った衣装だった。

伝統よりも萌えを強調したミニスカのメイド服。腰をエプロンできゅっと締めて胸の膨らみを強調し、鎖骨から胸元にかけての肌が大きく露出している。

黒いワンピースは重厚なウールが使われていて、安っぽさは微塵もない。

真っ白のフリルや緻密なレースが、ふんわりとした愛らしさを添えている。

大胆なほどミニなスカートからは、ニーソックスの細い脚がすらりと伸びていて……。

二次元なのか三次元なのか、脳が混乱するほどの完成度だ。

しかしそれは衣装のクオリティだけが生み出すものではない。

完璧な演技だった――メイド服を身につけた愛歌は、ドアから恐る恐る半身を覗かせ、儚げに俯きつつ、上目遣いに蒼を見つめている。

こんなシーン、アニメで観た気がするわ……。そんな感覚が湧くほどに、何気ない仕草から表情に至るまで、御手洗メイというキャラクターそのものだった。

というか、何してるんだこいつ。
何故、自宅でこんな完璧なコスプレをしている？
いくらコスプレバカ兄妹とはいえ、日常的にコスプレするほど頭がコミケではない。
「ご主人様……食卓に参りましょう？」
しずしずと歩み寄ってきて、シャツの袖をちょんと引っ張ってくる。
「あ、ああ……ありがとう」
蒼が返事すると、そのメイドは「えへへっ」と、笑みをほころばせた。
「ご主人様の好物、いっぱい作りましたからっ。いっぱい褒めてくださいねっ！」
蒼の左腕にぎゅ～っと抱きついてくる。
蒼のオタク心に、ピンク色の矢がドスッと突き刺さった。
御手洗メイは、主人公より年下なのにあらゆる家事に精通した完璧なロリメイドだ。
なのに性格は引っ込み思案なはにかみ屋さんで、褒められると大喜びして甘えてくる。
そんなキャラクター性を完璧にトレースしている。
中身が愛歌なのは、わかっている――にもかかわらず、ドキドキが収まらない。
……肘に当たる柔らかな感触も、相手は愛歌なのについ意識してしまう。
「あ、あんまりくっつくなよ」と、心にもないことを言いつつ……、ぎゅ～っと抱きついたままの彼女を引きずって、蒼は食卓に向かった。

ダイニングに用意されていた献立を見て、蒼は現実へと立ち戻った。

それが、メイたんが到底作りそうにない肉野菜炒めだったためだ。こんなの全然ヴィクトリアンじゃない。現実は残酷である。

――肉野菜炒めは、愛歌がもっとも得意とする節約料理だ。

肉と野菜をまとめて摂ることができ、費用も手間も最低限しかかからない。

しかしニンニクとショウガを利かせた濃いめの味付けは、高校生男子の食欲を否応なく刺激し、ごはんが無限に進んでしまう。はっきり言って大好物である。

「どう、美味しい？」

ソファの隣に腰を下ろした愛歌が、こちらの反応をうかがう。

素の愛歌に戻っていた。つまり、どうってことのない義理の妹だ。

「いつも通りの味だよ。つまり美味しい」

「へへへ、だったら褒めてくれたまえ」

蒼は愛歌の頭を撫でてやった。

友人たちの前では家事を分担していると言ったが――本当は八割方、愛歌がしている。

その代わり、蒼は愛歌のための衣装を作る。そういう分担になっている。

「なんでメイのコスプレなんてしてるんだ？」

「別に深い意味なんてないけど」

愛歌は目を逸らして呟いた。

「……お兄ちゃん、このキャラ好きだったなと思って」

〈御手洗メイ〉は蒼のオタク人生の中でも屈指の推しキャラだ。

中学二年のときに作ったこのコスチュームは、『マナマナ』が有名コスプレイヤーとして一躍その名を広めることとなった出世作でもある。

「ふふふ、メイたんに甘えてもらえて嬉しかったでしょ？　褒めたまえ」

愛歌が「ほら、褒めれ、褒めれ」と頭を揺らした。

「まあ……嬉しかったよ。メイたんはやっぱり最高だ。中身はしょせん愛歌だけどな」

「なんだとーっ！」

愛歌がいきりたつが、頭を撫でるとすぐ大人しくなった。

「どうかしたのか？」

何か理由がある気がして、蒼はもう一度たずねる。

「別に……何となくコスプレしたくなっただけだってば」

やっぱり直也たちとの会話を盗み聞きしていたのだろうか？

「もしかして俺が高校生になったから、寂しいとか……？」

去年までは蒼も同じ中等部に通う三年生だった。

中等部と高等部の違いの分だけ、一緒にいる時間は減っている。

「そんなんじゃないってば！」

愛歌はそっぽを向いて、食べながらスマホを弄くりはじめた。

行儀が悪いが、注意はしない。

「評判、どうだ？」

蒼はつい先程、池袋のスタジオで撮影したコスプレ写真の編集を終えて、フォロワー数十万人を超える『マナマナ』のアカウントにアップロードしたばかりだった。

今頃、凄まじい反応が押し寄せてきていることだろう。

愛歌は不満げに唇を尖らせた。

「……出来の良さのわりにはイマイチかな。人気キャラってわけじゃなかったから……」

「そこはしゃーない。俺たちはキャラ愛を優先でやってるんだから」

「次からはもうちょっと露出増やしてみよっか」

「それはやめろ」

蒼は箸を置いて、顔を向き合わせた。

「おまえはまだ中学生なんだから。大人になってからなら自分で判断すればいいけど、俺たちはまだ子供なんだから、一時の感情でそういうことは……」

「わかった！　わかってるよ！　もーっ！　ごちそうさまっ！」

愛歌はソファにぽふんと横倒れになった。

コスプレイヤーとして美容に気を遣っている愛歌の食事量は、蒼よりだいぶ少ない。

「もっとコスプレしたいな」

愛歌は天井にスマホを掲げるようにして、つぶやいた。

「もっと愛される私になりたい。そのために、もっとコスプレをしたい……」

やっぱり寂しいのだろうと蒼は思った。

愛歌は両親を事故で失い、親戚をたらい回しにされて育った。

親戚たちに厄介者のごとくあつかわれているのを見るに見かねて、蒼の父が彼女を引き取り、養子にしたのだ。

——そんな成り行きだったから、出会った当初の愛歌は完全に心を閉ざしていた。

蒼は突然できた義妹を元気づけるために、あらゆることをした。

当時、誰とも口をきかずにマンガやアニメに没入するばかりだった愛歌が、一番夢中になっていたのが日曜朝に放映される魔法少女アニメだった。

蒼も一緒に観てハマった。

蒼は段ボールや厚紙を使って変身グッズを手作りし、一緒に魔法少女ごっこをしようと誘った。それが蒼と愛歌の最初のコスプレだった。

そこから二人の距離は一気に縮んだのである。

蒼は嬉しくて、本気になった。

段ボールや厚紙だけでは満足できなくなり、裁縫にまで手を出すようになった。

死んだ母の部屋に、ミシンや裁縫道具が残されていたのだ。

蒼の『手作りグッズ』のクオリティは、やがて子供の手遊び（てすさ）のレベルを凌駕（りょうが）しはじめていく。蒼の父も、その努力に支援を惜しまなかった。

それはやがて二人で一人のコスプレイヤー『マナマナ』として結実した——。

あの頃を思えば、今の愛歌はずいぶんと明るくなった。

それでも彼女の心から『寂しさ』というものが完全には消えていないように見える。

明るく振る舞う裏側で、愛歌はいつも何かに怯（おび）えている。

『あの頃の孤独』が、いつかまた理不尽に自分を襲うのではないかと……。

義兄が高校生になった——そんな些細な変化にも、不安を感じたのかもしれない。

だからって会話を盗み聞きするなんて、ちょっとキモウト気味だけど。

「愛歌……」蒼は愛歌の頭にポンと手を置いた。

「高校生活でいろいろ変わることもあるだろうけど、俺は愛歌とずっと一緒だよ」

「別にそんなの、兄妹なんだから当たり前だし。疑ってないし。陰キャのお兄ちゃんが高校生になったところで、たいした変化なんてあるわけないだろうし」

愛歌はスマホを下ろして、蒼の顔を見上げた。

「でも……約束してくれる？」

「ああ、約束する」

蒼はそう言い切った。

週明けの席替え——蒼は非常事態に直面した。
厳正なるくじ引きの結果、蒼の席は窓際の最前列となった。

左を向けば、窓からの青空が広がっているのが見えるばかりで誰もいない。

そして右隣の席にやってきたのは──氷の女帝、星乃栞だった。

なんだか逃げ場のない、恐ろしい配置だった。

しかしこれは、気になっていたことを確かめるチャンスでもある。

ここ最近の彼女のミステリアスな素振りは、一体どういうつもりなのか……。

「月ヶ瀬くん……隣だね。よろしく」

この日も彼女はオシャレな私服姿。制服のこちらとはまるで違う世界の存在のようだ。

「よ、よろしく」

「嬉しいな。やっとあなたと話ができる」

ぐっと身を乗り出して、吸い込まれるような両目を間近に蒼へ向けてくる。

「俺と話を……？」

「ずっと機会を作ろうとしてたのに、いつも上手くいかなかったから」

「俺なんかと、いったいどうして……？」

返事代わりに、栞はスマホをスッと突き出した。

スマホの画面には、なにか色鮮やかな画像が表示されていた。

思わず「あっ!?」と声が出そうになった。

それは昨晩にアップロードしたばかりの……マナマナのコスプレ写真だった。

「マナマナの衣装って、あなたが縫ってるんでしょ？」

ぞっと背筋が冷たくなった。バレた？　でもどうして？

いや、それを知ってどうしようっていうんだ？

『脅迫』という二文字が、蒼の脳裏に浮かび上がった。

「私も……」

しかし現役女子高生モデルは、思いもかけない言葉を口にした——。

「私もあなたの作品になりたい」

二章　私もあなたの作品になりたい

「そ、その話は放課後に、どっか別のところでしてもらいたいんだけど……」

長い沈黙の後、蒼が絞り出したのはそんな言葉だった。

「ん、おっけ」と、栞は軽い調子で頷いた。

それから放課後までの授業は、地獄のように長く感じた。

そして放課後——蒼は栞を裁縫室へと連れてきた。

勝手知ったる扉の鍵を開け、薄暗い室内に電気をともす。

「ここ、勝手に入って良いの？」

栞はきょろきょろと見回した。一般の生徒には珍しい教室だろう。

「俺、家庭科部なんだ。幽霊部員だけど」

「え？　家庭科部って、いつも調理室で活動してるじゃん。料理つくる部活でしょ？」

「家庭科部って調理と裁縫の二部門に分かれてるんだよ。それで裁縫部門は、今年は俺一人しかいないんだ」

今時の若者は料理上手には憧れても、裁縫上手には憧れないのだろう。

そんなわけで放課後の裁縫室は、蒼の隠れ家なのである。

……といっても蒼もコスプレ衣装は自宅で作るから、幽霊部員なのだが。

在籍さえしていれば生地を分けてもらえる――それが目的なのだ。

「それで作品になりたいっていうのは、どういうつもり……？」

蒼は椅子に座りながら、さっそく切り出す。

栞は向かいの椅子に座って、むふーっと嬉しげに鼻を鳴らした。

「私もコスプレをしたいの！　あなたの作る衣装でっ」

まあ、そういうことだよな……。

青天の霹靂、とはこういうことか。現役モデルが、コスプレをしたいとは……。

確かにモデルとコスプレは写真の被写体として、通じるところがある。

しかし共通点があるからといって……片やオシャレの最先端、片やオタク趣味の極みだ。

まったく交わることのない両極だと思っていた。

「迷惑かなあ……？　簡単に作れるものでもないと思うし」

女帝は意外なほどしおらしい声で言った。

秘密をバラすぞ……などと脅されたら、こっちに拒否権などないのだが。

そんな考えはつゆほどもないらしい。

「俺も趣味でやってるだけだから、構わないけど」

いつもの愛歌ではなく、この星乃栞のための衣装を作る……。

それも面白そうだ、と思ったのだ。

「やった！」彼女は腰を浮かせて、嬉しそうに拳を握りしめた。

だが問題は、何のコスプレをしたいかだ。ここで誰でも名前を知っているようなニワカっぽい漫画のキャラの名前など挙がろうものなら、テンションだだ下がりである。

「で、何のコスプレをしたいの？」

返答次第では拒否るつもりで、蒼は切り出した。

「それはもちろん『ぬるずぼ☆ディザイア～敗北ルナ&ステラ闇堕ち調教編』のダークステラになりたいの！」

「……何？　何がもちろんだって？」

『もちろん』という前置きから出てきちゃいけないモノが飛び出た気がする。

「あれ？　月ヶ瀬くん知らない？　ルナステのファンのくせに、まだまだだな～」

別に知らないわけではない。しかし栞はドヤ顔をして、滔々と語りはじめた。

「今期の覇権アニメの『コスモリリカル天使ルナ&ステラ』はもともとは成人向けＰＣゲームだったのだよ！　『ぬるずぼ☆ディザイア』シリーズはヒロインたちが敗北したｉｆの世界を描いたハード陵辱スピンオフ作品で、長らく入手困難だったんだけどアニメがヒットしたことをキッカケにエッチ要素を薄めた15歳以上対象版としてリメイクされたんだよね。実はこれに公式の秘密のパッチを当てると、それはもうムフフなことに……！」

「待って、ちょっと待って」

氷の女帝のイメージをそんな勢いよく破壊させないでくれ。

「待たない。聞いて。ステラといえばダブルヒロインの片割れで、元気でかわいいルナに対してクールで頼れるお姉さんタイプだよね。マジカルコスチュームの姿はルナがゴールドなのに対してステラがシルバー、もちろんこのノーマルコスチュームも最高に素敵だわ。だけど『ぬるずぼ☆ディザイア』ではステラは敵組織の幹部エーデルバルド長官に敗れ、闇堕ち洗脳されて漆黒のコスチュームに身を包んだダークステラになるの！　露出度七割マシで大変えっちっちでございます。何よりもね、ギャップが最高なの。誇り高き魔法少女だったステラが恥辱にまみれ、抗えぬ強制的な快楽を受け入れさせられていく……。そこにかつてのパートナー、ルナが現れる！　いつもの優しいステラちゃんに戻って！　涙ながらに叫ぶルナ！　だけどその声は深い闇に呑み込まれてもう届かない！　私はもう戻れないんだよ、ルナちゃん……。そんな……どうすればいいの⁉」

「どうすればいいんだろう……」

　こっちが聞きたかった。

「ステラちゃんと戦うなんてできない！　躊躇うルナを容赦なく攻める……いや、責めたてるダークステラ！　ぬるぬるになってずぼずぼ絡み合う二人。そのときステラは自分の内に秘められていた、愛らしいルナへの情欲と嫉妬心に気づく……もう止められない！」

「そろそろ止まって欲しい」

「しょうがないにゃあ。そんな哀しくも苛烈で、黒薔薇のごとく美しいダークステラになりたいの。わかってくれたかにゃあ？」

「わかったにゃ……」

　つらい……。

　相手の勢いにどう対処していいかわからなくてつらい……。

　カーストトップの美少女に、小芝居交じりにエッチなゲームトークを熱弁されても、リアクションに困る。

話に乗ったら、いきなりハシゴを外されたりしないだろうな。

「その……星乃さんは、そういうの好きなの？」

「そういうの、とは……？」キリッとした顔で、問い返される。

「女の子が洗脳されて、陵辱されるとか……そういうの」

「かわいい女の子が汚（けが）されていくのを見ると、ぞくぞくする」

栞は最高級ワインを口にしたソムリエのように、うっとりと天を仰いだ。

「ダメだこいつ……」

本気で好きなのだと確信できてしまうツラをしていた。

しかし……蒼は内心で好ましさを感じていた。

この氷の女帝は、どうやら本当に俺たちと同族らしい。

「ていうかステラが好きすぎて、堕ちゆく姿すら愛（いと）おしいって感じだよね。陵辱モノって

ジャンルが好きなわけじゃないよ。愛ゆえだよ？」

「ニッチな性癖のオタクはみんなそう言うよね」

「で、私はダークステラにマジカルチェンジしたいんだけど……？」

「ああ、うん、マジカルチェンジね……わかった、引き受けよう」

蒼は乗り気になって無償の依頼を引き受けた。

コスプレ衣装を作る——愛歌ではないコスプレイヤーに。

「まずすることは……『採寸』かな」

◇

「スリーサイズなら、採寸しなくてもわかってるけど……」

現役モデルなら当然だろう。しかしスリーサイズでは足りない。

「ステラのコスチュームはピッタリとしてるから、もっと精確なデータが必要だよ」

「……確かに！　ピチピチむっちりしてないとダークステラじゃない‼」

「むっちり……。星乃さんは肌を露出するのとかって、気にならないの？」

ダークステラの格好は、けっこう過激だ。

もしも愛歌が演りたいと言ったら、義兄として抵抗を感じるだろう。

「全然。エッチなところもステラの魅力だし。それも含めて『ステラになりたい』から。ファッションショーだって過激な格好はけっこうあるけど、恥ずかしそうにウォークする人なんて一人もいないよ。大事なのは『何を表現したいか』じゃない？」

私はショーモデルなんてやったことないけどね、と謙虚に付け加えつつ栞は笑った。

表現者として大人な意見だ。それは正しい考えかもしれない。

もし愛歌がこういうコスプレをしたいと言い出したなら……検討すべきなのだろうか。

「そこまで言うなら……」と、蒼は栞にメジャーを差しだした。

「測ってもらいたいのはバスト、ウエスト、ミドルヒップ、ヒップ、腰丈、背丈、背幅、肩幅、裄丈（ゆきたけ）、胸幅……」

「は⁉」と、彼女は目を丸くした。

「呪文⁉　ちょっと、そんなのわかんないよ！」

「それぞれがどこの長さか、ちゃんと教えるけど……」

「教えてもらったってそんなの一人じゃできないって！」

そんなわけで体操着に着替えてもらい、二人で採寸することになった。

本当は下着姿の方が正確なのだが……一人でできないのなら仕方ない。

「それじゃあ、よろしくね」

……不意に緊張が湧き上がってきた。

採寸の仕方を教えるだけだから、自分の手で触れる必要はないが……。

「それじゃあまずはバストから……」

おっかなびっくり指示をする。栞が従おうとする。

だがバストを一人で測るのは、あんがい難しい。

「ねえ、メジャーの後ろ側がずり落ちちゃうんだけど。押さえてくれない？」

「……わかった」

蒼は栞の背後に回り、肩甲骨(けんこうこつ)のあたりでメジャーを指で押さえた。

すると深呼吸するように身じろぎし、彼女の肩が揺れ動いた。

――体操着の白いシャツに、肌以外に何も透けるものがないことに気がつく。

マジか……。体操着の下は……ノーブラのようだ。

蒼がそのような指示をしたわけではない。少しでも正確に採寸できるように、自分の判断で外したのだろう。

だが、下手したら透けるぞ……？

薄いシャツ一枚だけの胸に、メジャーが食い込みつつ巻き付いていく。

「83センチ。……ねえ、83センチだってば！」

「……あ、ああ。ごめん」

蒼は、慌ててメジャーを手放してメモをとった。83センチ……。

「何度も言わせないでよ、もう。それで、次は？」

「次は……バストポイントを測って欲しいんだけど」

「ふむ？　それは今測ったバストと何が違うのかね？」

説明しようとして、言葉に詰まった。

「それは……ちっ、乳首とっ、乳首の間の距離を、測るってことなんだけどっ……」

「プッ！」と、栞が噴き出した。

「月ヶ瀬くん……顔が一気に赤くなったんだけど！　乳首って口に出すぐらいでそんなに恥ずかしがらなくてもいいでしょ！　ただの乳首だよ！　あははっ！」

「いや！　平然と乳首なんて言える方がおかしいだろ！　乳首だぞ⁉」

「普通に言えてるじゃん！　あははっ！」

明るく笑われてしまう。……彼女は本当に恥ずかしくないのだろうか？

「完璧なダークステラになるためだもん。気にしないよ」

栞は背中を向けて、胸のあたりをもぞもぞさせた。

……ノーブラのおっぱいに、メジャーを当てているのだろう。

「21センチ……」気持ち小さめの声で、栞は言った。

「それじゃあ次はウエスト……」

蒼が言うと栞はシャツの裾をめくり、細くくびれた腰を露出させた。

「ね、月ヶ瀬くん、どう？　細くない？　私、胸よりウエストに自信ありだ」

いきなり意見を求められて、困惑する。

「え、あ、うん……普通……？　いや、細いか。細い……？」

「何その微妙な」

栞は不満げな顔をしてから、すぐに「あ、そっか」と一人で納得した。

「月ヶ瀬くんの基準って、さてはマナマナか」

「うん。だからあまりピンと来なくて」

細いと言われても、愛歌の方がさらに細く、華奢な体格をしていた。

「マナマナ、現実味がないくらい細いもんね。でもガリガリじゃなくてプニプニしてんの意味不明すぎるよね、最高。あれはもう現代に生きる妖精だよ。だが彼女が妖精なら……私は天使を目指すぜ！」

何言ってんや、この人。

「あの子が普通なんて思ってると、全世界の女子を敵に回すことになるから気をつけたまえよ。この腰はメッチャ細いです。覚えておきたまえ……54センチ」

「はい……54センチ」

すべての採寸が終わった。

その結果の数値に蒼は驚いた。彼女は見事な八頭身だった。

そりゃモデルにスカウトされるわな……。

その横で、栞が「は〜っ、恥ずかしかった」と呟いた。

蒼は思わず「えっ？」と声を漏らした。

「恥ずかしかったの？　平然としてるように見えたけど」

「そりゃあ恥ずかしいよ。当たり前でしょ？」

「モデルだし。てっきり自分の身体に自信があるものかと」

「自信はある！　とくにウエスト！　……でも、それとこれとは別！　モデルとはいえ見せる相手によるというか……どんな風に思われるかわからないし……」

栞はもごもごと口ごもってから「こほん！」と咳払いし、改めて切り出した。

「で、ダークステラの衣装はいつできるの⁉　三日後ぐらい⁉」

「馬車馬みたいにこき使うつもりかよ。そんなすぐにはできないよ。まずは……型紙を作る。それから布を選んで、裁断して、仮縫いして……」

蒼はこれから先の作業を指折り数えながら……考える。

愛歌の衣装を作るときは、各段階ごとに二人で確認し合いながら進めていくのだが……。

そんな頻繁に、この裁縫室で二人きりになるっていうのは、どうなんだろう。

栞は両目を輝かせて、じっとこちらを見つめている。

「いちいち確認ってしたい？　忙しいなら、俺が勝手に進めていくけど」

……いや、それじゃダメだ。すぐに蒼は考え直した。

このコスプレ衣装は、お願いされたから作るというだけのものではない。

これは俺の作品だ。衣装は数字だけで作れるものではない。

「ごめん、やっぱり段階ごとに必ずチェックしてもらいたい。忙しいだろうけど」

「別に平気だよ。席も隣だし、いつでもしゃべれるじゃん」

「いや……教室でコスプレの話は……。またこうして放課後に裁縫室に来て欲しい」

「ん、わかった。なんか秘密基地みたいで面白いね。……あ、そうだ」

栞は鞄をゴソゴソと漁り出した……。

「じゃーん！　ぬるずぼ☆ディザイア～敗北ルナ&ステラ闇堕ち調教編！」

蒼はドン引きした。

「……どうしてエッチなゲームを学校に持ってきてるんだい？」

「そんなのいついかなるときも布教のチャンスを逃さないために決まってるじゃん」

「隙あらばエッチなゲームを布教するように常に備えてるの？　怖い……」

「怖くないよ。月ヶ瀬くん、ぬるずぼ童貞でしょ？」

「無駄に嫌な言い方だけど、まあ……」

　どうせやるならパソコン版が欲しいと思い、中古ショップやネットオークションをチェックしていたが、なかなかチャンスを得られずにいたのだ。

「じゃあ貸してあげる！　君もダークステラのことを好きになってくれたまえ！」

「どちらかというとルナ派なんだけどね」

「ルナもいいよね！　それじゃあ私は制服に着替えてくるね」

「あ、ああ、お疲れさま」

　栞は裁縫室を出て行った。

　着替えてくる、か……。

　微妙な言い回しだ。またここに戻ってくるつもりだろうか。

　いや、特にもうやることはない。今のは解散の宣言と捉えるべきだろう。

　蒼もカバンを手に取り、裁縫室を施錠して、家に帰ることにした。

——帰り道、自転車を漕ぎながら、謎を残したままであることに気づく。

彼女はどうして『マナマナ』の正体を知っていたのだろう。

——恐怖を感じていても、おかしくない場面だった。

男子と二人きり。放課後、無人の裁縫室に連れ込まれて……。

にもかかわらず、胸に満ちていたのは揺るぎない安心感だった。なぜなら……。

「あおくん、何も変わってなかったな……」

更衣室で着替えながら、星乃栞はため息まじりに呟いた。

「しゅき」

脱いだ体操服を握り締め、感極まった声を漏らす。

「はぁ～、しゅきしゅきのしゅき……♡」

表情がニヤニヤと緩み、危ない表情になってしまう。

恐怖の感覚が首をもたげたのは、背中を向けてメジャーを押さえてもらったときぐらいだった。それでも、相手があおくんだと思えば、平静を保つことができた。

ブラジャーをつけて、自分の身体を見下ろす。

……私は変わった。完璧なスタイルに。

細くなったこのウエストを見て、彼は何かを感じてくれただろうか？

更衣室を出る。栞はそのまま帰らず、裁縫室に向かったが……。

扉は施錠され、彼の姿はすでになかった。

……一緒に帰ろうって誘えば良かったかな。家の方向は、同じはずなんだし。

……いや、流石(さすが)にそれは一足飛びに距離を詰めすぎだ。変に思われてしまう。

今日はもう十分に成果を得られた。

席替えで隣になれて、そこからトントン拍子に話を進めることができて……。

今はそれで満足しておくべきだろう。

テンポ良く階段を下りていく。心臓も嬉(うれ)しさと同じリズムでどくんどくんと鳴っていた。

◇

蒼はぬるずぼ☆ディザイアをゲーム機にセットし、起動した。

エッチなゲームをリビングでやるのはどうかと思うが、蒼の家にはゲーム機が一台しかないから仕方ない。隠れてプレイすることなど不可能だった。

――陵辱スピンオフ作品であるぬるずぼ☆ディザイアは、最初にルナとステラのどちらかをヒロインとして選ぶことになる。

選ばれたヒロインは、オープニングでコスモ殺戮軍の長官エーデルバルドに誘拐され、洗脳と快楽調教を受けて『闇堕ち』させられてしまう。

選ばれなかったもう一人が助けに向かうが……プレイヤーはエーデルバルドとなってそれを撃退し、洗脳ヒロインとともに地球侵略を目指す――そんな筋書きのゲームだ。

敵役目線のシナリオなのである。

ルナ＆ステラシリーズがもともと成人向けＰＣ作品だったことを知らないファンからは蛇蝎のごとく嫌われている問題作、いわゆる黒歴史だが、二人が対立してしまうからこそ際立つルナとステラの絆の強さが一周回って尊い……という意見もある。

あと闇堕ちコスがエロい。そんな作品だ。

リビングの扉がギィ……と開いた。

「ご主人様……この私に『ただいま』の挨拶もせず、いったい何をなさっているの？」

声とともに現れたのは、高飛車な態度のツンデレロリメイドであった。

蒼が中学時代にハマった人気ライトノベル『このメイドは俺が育てた』のサブヒロイン、

『駒鳥美鳴』が……そこにいた。

もちろんコスプレした愛歌である。流石にもう驚かない。

モノトーンではなく、エレガントなネイビーのメイド服。

ネイビーは品質感が露骨に表れる色だから、高級な生地を惜しげもなく使っている。

そして今回も愛歌は、完璧な演技で駒鳥美鳴というキャラクターを再現……、

「ってそれ、ぬるずぼ⁉ ついにパソコン版を諦めてコンシューマで買ったんだ⁉」

……再現せず、愛歌は素の表情で駆け寄ってきた。

「買ったんじゃなくて友達から借りたんだよ」

画面を覗き込んだ愛歌の顔から、表情がすーっと消えた。

「え……？　お兄ちゃん、なんでルナじゃなくてステラ選んでるの……？」

「別に俺の勝手だろ。たまにはステラを選びたい気分だったんだよ」

「おかしいじゃん……。マナマナがコスプレするとしたら、ルナ一択なのに……」

確かに普段の蒼ならステラは選ばない。選ぶ理由がない。

元々ルナ派だし、何よりマナマナに似合うのは圧倒的にルナの方だ。

しかし……今回は他のコスプレイヤーに衣装を提供するために、ステラを選んだ。

そんなことを馬鹿正直に答えていいものだろうか？

もしかしてこれは、裏切り行為なのだろうか？

なんだか浮気がバレた亭主のような気分で、蒼は焦ってしまった。

「いつもコスプレのことばかり考えるのも疲れるからな。ルナだとついコスプレのことを考えちゃうし。あえてステラを選ぶことで、純粋にゲームを楽しみたかったんだよ」

「愛歌のお兄ちゃんはそんなこと言わない……」

愛歌は冷たいオーラを絶やさぬまま言い返す。

確かに普段の俺ならそんなこと言わない……。

納得してしまった。流石に義妹はこちらのことをよくわかっている。

――いつだってコスプレ衣装作りのことを考えている。

それが苦にならないコスプレ馬鹿が、月ヶ瀬蒼という人間だ。

「まあ、お兄ちゃんの勝手だけどさ。いいよ、愛歌がルナを選ぶから」

愛歌は仕方なさそうにため息をついた。どうやら許してくれたらしい。

「こんなことで晩飯抜きとかは勘弁してくれよ……」

「しないよ。お兄ちゃんが何か悪いことしたとかじゃないし」

「だったら不機嫌にならないでくれ」

愛歌は「ぶーっ！」と膨れ面になった。

愛歌は隣にひっついて、蒼のプレイを横から見守った。

「ええっ⁉ なんでそこでロウソク責めしないの⁉ なんで露出プレイ⁉」

そんなの俺の性癖の勝手やろ……。

……と言いたいところだったが、ぬるずぼはそんな単純なゲームではなかった。

このゲームは調教パートと戦略パートの二つに分かれている。

調教パートでは世界中から捕らえてきた魔法少女たちを調教していくのだが、このときロウソクで調教すると炎属性が、スライムで責めると水属性が、露出プレイをさせると風属性が上昇するなど、様々なステータス変化が発生する。

そして戦略パートでは闇堕ちさせた魔法少女や配下のザコ戦闘員、機動ロボなどで部隊を編成し、地球各地を侵攻してゆく……。

次の侵攻対象は水の都ヴェネチア、強力な水属性のボスが待ち受けている。

愛歌の言うとおり、こちらは炎属性で対抗するのが当然の定石といえた。

しかし、だ……。

美少女にロウソクを垂らしても……これっぽっちも興奮できない……。

ちょっとよくわからない文化ですね。痛いだけじゃん。

逆に誇り高き少女ステラが、恥ずかしい格好をさせられて恥辱を味わう……。

いいじゃん、と蒼は思った。

コンシューマだから調教シーンはかなりマイルドになっているが、それでも美麗なＣＧが用意されており、プレイヤーの合理的な選択を妨げるのであった。

「あっ、もしかして……」愛歌がほくそ笑んだ。

「お兄ちゃん、そういう趣味なんだ〜。エッチな格好をさせられた女の子を恥ずかしがらせて興奮しちゃうんだ〜」

「そんなの男なら誰だって興奮するだろっ！　いい加減にしろ！」

「誰でもではないでしょ」

「うるさいな！　エッチなゲームをしてる最中までひっついてくるな。あっち行け」

蒼がそう言うと、愛歌はかえって蒼の左腕にぎゅっと密着し、囁きかけてきた。

「でも……なんだかさ、露出プレイってコスプレと似てない？」

目の前の画面には、公衆の面前で恥ずかしい格好をさせられるステラの姿がある……。

「もしかしてお兄ちゃん、愛歌をコスプレさせてるときもこんなこと考えてるの？」

「なっ⁉　おまえ、なんてこと言うんだ⁉」

『……クックック。正義の魔法少女ともあろうものが、無様だな。クックック……』

ゲーム画面から、エーデルバルドの邪悪で醜悪な笑い声が聞こえてくる。

心外だ。まさかこんな心持ちで愛歌にコスプレをさせているはずがない。

「……ご主人様、失望したわ」

愛歌は冷たい声になった。その口調はツンデレメイド、駒鳥美鳴のものに変わっている。

高飛車で高慢で、ちょっとサディスティックなところのあるキャラだ。

「……ご主人様はかわいい義妹を着せ替え人形あつかいして、見せびらかして。周囲からの羨望(せんぼう)を受けて興奮してるのね。そうなんでしょ？　認めたらどうなの？」

「ち、違うんだ美鳴！　聞いてくれ！」

「言い訳なんて聞く耳もたないわ！　恥を知りなさいっ！」

ぷいっとそっぽを向かれてしまう。

愛歌から言葉責めを受けても、別になんとも思わないが……。

美鳴からツンツンした態度を取られてしまうと、ゾクゾクしてしまう！

美鳴になりきった愛歌は、視線だけチラリとこちらに向けて、頬をポッと赤くした。

その艶のある表情変化は、まさに神がかり的な演技力である。

「まぁ……私は貴方(あなた)のメイドだから。私にだったらそういうことをしてもいいけどね？」

掌(てのひら)を返すように、ツンとした態度からデレを覗かせる。ツンデレの黄金ムーブ。

蒼のオタク心に、ピンク色の矢がドスッと刺さった。

だが……落ち着け。こいつは愛歌だ。

ツンツンしようとデレデレしようと、何の意味もない。

永久不変の義妹なのだから。

蒼は我に返って、「ていっ」と愛歌にデコピンした。

「あいたっ。……いきなり何をなさるの!?」

美鳴の演技のまま怒ってくるが、蒼はそれを無視して向き合った。

「コスプレはもっと神聖なものだ。露出プレイなんかと一緒にするな。それに……おまえ相手に変な気を起こすわけないだろ」

──愛歌の表情から演技が抜けて、素に戻っていく。

「ふーん、かっこつけちゃって」

『クックック……もっと痴態を晒せ！　情欲の炎に身を焦がすのだ！』

エーデルバルドの声が横から挟まってくる。うるせえ。

家族の痴態とか情欲とか……そんなのグロテスクなだけだ。

蒼は時計に目を向けた。

「そろそろ晩ご飯の支度をはじめた方が良いんじゃないか？」

「自分は遊んでるくせに、偉そーに‼」

愛歌はぴょいっと立ち上がり、蒼の足にローキックを入れた。ちっとも痛くない。

「ぶーっ！」と一声鳴いてから、台所へと駆けていく。

やれやれ、と蒼はゲームを再開した。露出プレイの続きをしなければ。

と思ったらすぐに、台所から愛歌が顔を覗かせた。

「私が台所にいるんだから……変なことしちゃダメだよ！」

「しねーよ！」

◇

――あのとき、裏切られたかのように感じたのは何故だろう？

台所の愛歌は、野菜を包丁で刻みながらそんなことを考えた。

お兄ちゃんが、ルナではなくステラを選んでいた。たったそれだけのことで……。

マナマナのコスプレを最優先に考えてくれなかったから？

私がルナと自分を同一視し過ぎているから？
ルナは私に似ているけれど、ステラは私に似ていない……。
とはいえ、しかし。
お兄ちゃんがどんなふうにゲームを遊ぼうと、お兄ちゃんの勝手だ。
そんなことでいつまでもへそを曲げたりしてはいけない。
義妹が一方的に義兄に独占欲を持つなんて、そんな無様を晒しはしない……。
「私は誇り高き愛歌さんだぞーっと」
鍋に水を張り、昆布を入れて火にかける。
水が沸騰するまで、愛歌はぼけーっと見下ろした。
やがてプクプクと泡が浮かび上がる。
……先程のやりとりの一部が、泡のごとく頭の中に浮かび上がった。
『おまえ相手に変な気を起こすわけないだろ』――そんな義兄の言葉。
「嘘つき」
プクプクと沸騰する泡を見下ろしながら、愛歌は小さく声に出す。
そう、私はその言葉に嘘が含まれていることを、とっくに知っている……。
――どうしてステラを選んだのだろう？

それは本来の義兄なら絶対にしない選択。
不自然な行動――そこに何か、奇妙な予兆を感じるのだった。

データは揃った。
蒼は半徹夜でステラルートをクリアし終え……、
さっそく机に向かい、衣装のデザイン画に取りかかった。
資料はバッチリだ。ダークステラのCGはすべてスクリーンショットに撮ってある。
様々なアイデアが、待ってましたとばかりに溢れ出た。
現実の服で、この衣装と構造が似ているものは存在するか？
今まで作ってきた型紙に、流用できる部分はあるか？
素材は？　布を使うか、造形を組むか？
眠気は起きなかった。熱に浮かされるように、蒼はそれを完成させた。

◇

そして翌日の教室――。
「ごめん、月ヶ瀬くん、教科書忘れちゃった。見せて?」
三時間目の授業でのことだった。隣の席の栞が、蒼に手を合わせてそう言う。
「いいけど……」と、返事をする。
鼻歌でも歌いそうな表情で、栞はずりずりと机をこちらに寄せてきた。
マジかよ、こいつ……と、蒼は思った。
なぜならそれが、この日三度目だったからだ。
彼女は、三科目連続で教科書を忘れ、蒼に見せてもらっているのである!
「何を企(たくら)んでいる……?」蒼は恐る恐るたずねた。
「へ? 企む?」
栞はきょとんとしてから、「ぷっ……あはははっ」と小さく噴き出した。
そして蒼に顔を寄せて囁く。「企むって、どうしてそんなふうに考えるの?」
黒髪から漂うふわりとした甘い香りに、心臓がどくんと跳ねた。

「何か企んでるって思うのが自然だろ。三連続で教科書を忘れるなんて」

栞は静かな声色で、「そういうときは……」と囁いた。

「……『こいつは俺に気があるんだな』って考えるのが普通じゃない？」

――俺が陰キャじゃなく、君がカーストトップでもなかったらそう考えていただろうな。

「……実はね、時間割そのものを別の曜日と間違えたの。だから教科書が一日分、まとめてないわけ。納得いただけた？」

それは一見、理屈が通っているが……信じ切るには不十分だった。

教科書なんてロッカーに入れっぱなしにしているのが普通だ。

毎日すべての教科書を持ち帰ってたら、カバンがパンパンになる。

「ところで……ぬるずぼクリアした？」栞が話題を切り替えてくる。

「クリアして、衣装のデザイン画ができたところだよ。後で見てもらおうと思ってる」

「……ほんとにっ⁉ 見たい見たいっ‼」

栞がものすごい勢いで食いついてきた。

「今は授業中だろ！　放課後、裁縫室でっ……！」

栞は素直に身を引いて、「……へへへっ」と嬉しげに笑った。

——授業のたびに栞に絡まれながら、昼休みになる。

弁当箱を手に、直也や称徳と顔を寄せ合うと、安らいだ気持ちになった。

ああ、愛しの陰キャたち。ここそが自分の居場所だと、心から実感できる。

「なあ……蒼、おまえいったいどうしたんだ？」

直也がそう問いかけてくる。

授業中ずっと栞と机をくっつけて、絡まれ続けていたのだから不思議に思って当然だ。

だが……それより先に、蒼も質したいことがあった。

「おまえこそいったいどうしたんだ……」

直也の顔には片眉がなかった。

そっちの方が、明らかに異常事態である。

「実は……今朝、眉毛を剃って整えるのに挑戦したら、やらかしてしまって」

……今日の直也は休み時間になるたびに、席でうつ伏せになっていた。

よほど眠いのかと思っていたけれど、この情けない姿を隠すためだったのか。

「もしかしてこれ、ヒゲを剃るようなT字カミソリでいじったんじゃないだろうな」

残ってる方の眉も輪郭がガタガタなのを見て、そんな推測がたった。

「……他に眉をいじる手段なんてあるのか？」

「薬局やコンビニに眉毛用のI字カミソリがあるだろ」

蒼が言うと、称徳も「へえ」と初めて知ったという顔をした。

「興味がないと、そういうのって目に入らないよね」

仕方ない。蒼は席を立ち、栞のいる陽キャ女子グループへと歩み寄った。

そこに立ち入るのはちょっと緊張するが……。

あれだけ馴れ馴れしくされてるんだ、こちらから声をかけても別にいいだろう。

「星乃さん、ちょっとあの男の顔を見て」

栞が「ん？」とこちらを振り向くと同時に、蒼は片眉のブ男を指さす。

「……ぶっふぉ⁉」

栞は飲んでいたペットボトルの紅茶を噴き出しそうになった。

「そういうわけだから、眉ペン貸してもらえる？」

「しょうがないにゃあ」

栞はコスメポーチからアイブロウペンシルを取り出し、蒼に手渡した。

そのやりとりに、教室中がざわっとする。

蒼は直也のところに戻って「ほら、じっとしてろ」と言ってかがみ込んだ。

手慣れた手つきでパウダーアイブロウで色をつけ、ペンシルで眉を描き足した。

歪な形で残っているもう片方も修正していく。

鮮やかな手並みに、周囲からため息がもれた。

「おまえの眉、もともとちょっと左右非対称だから気をつけた方がいいぞ」

「蒼……おまえなんでこんなことできるの？」

目をみはりながら、直也が問いかけてくる。

「そりゃあ……妹がいるから」

「……世のお兄ちゃんはみんなこんなに眉メイクに詳しいもんなの？　嘘やろ？」

愛歌がコスプレをするとき、そのメイクはすべて蒼がやっている。

だから蒼は、この学校で一番化粧が上手いという自信があった。

――もちろんそんな事実は、気持ち悪いだけだろうからひけらかさないが。

ともあれ、歴史上もっともイケメンな直也が完成した。

栞のところへ戻り、「ありがとう」と言って道具を返す。

「どういたしまして。月ヶ瀬くんも眉毛整えればいいのに」

「面倒くさいよ」

なまじ愛歌の美容を手助けしているだけに、自分も同じレベルでやるのはごめんだし、中途半端にやる意味もないように感じてしまう。

直也たちのところに戻ると、二人はぽかんとした顔をしていた。

「……おまえ、めっちゃ自然に氷の女帝と話をしてたな」

——そう言われて、自分が教室中の視線を集めていることに蒼は気がついた。

片眉のアホヅラを晒していた直也よりも、よっぽど注目されている。

「氷の女帝って、男子と会話するんだ……」「授業中も話してたよな……」「マジ？」

「星乃さんってあんなやつがいいの？」「てか誰だっけあいつ」「あいつ陰キャだろ？」

あまり心地よい雰囲気ではない。

「ね、星乃さん！　どういうことなの？」女子の一人が、本人に真っ正面から問いかけた。

栞は教室中に宣言するように答えた。

「私、月ヶ瀬くんのこと気に入ったの。何か問題ある？」

ざわついていた教室が、しーんと静まりかえる。

「マジかよ……」と、直也が呟いた。

蒼はため息をつきながら、直也たちに向き合った。

「ということらしい。席替えしてから、なんだか妙に気に入られたんだ」

「気に入られたって、何を、どんな経緯で気に入られたんだ……？」

――それはもちろん、コスプレ作りの腕を見込まれただけだ。しかし……、

「さあ？　オモチャとして気に入られただけだと思うよ」

蒼はそういうことにしておいた。

そして放課後の裁縫室、蒼は栞と二人きりで向かい合った。

「こんなふうに作ろうと思うんだけど」

机の上に数枚のスケッチを並べる。昨晩に完成させたモノだ。

栞と同じ八頭身のシルエットの上にコスチュームを描きこんだ全体デザイン画。

さらにアイテムごとに個別のデザイン画。

どのようなパーツに分けられ、どこに縫い合わせが出るのかも描かれている。

「お、おお～っ！」と歓声をあげて、栞はスケッチを覗き込んだ。

「ひえ～、すごい。……もっと何となくな感じで作ると思ってた」

「立体物だから、なんとなくで作ったら身動きとれなくなるよ」

「さてはこれ、無償で気軽に作ってもらうようなものではないのでは……？」

今ごろ自分の図々（ずうずう）しさに気づいたか。

「俺も自分の作品のつもりで作るから、そこは気にしないでいいよ」

栞はスマホのカメラで、デザイン画を写真に撮りはじめた。

「このコスプレの製作過程って、私のＳＮＳにアップしていい？」

現役モデルが趣味でコスプレやりま～す、とか？　まあ、好きにすればいい。

「俺の顔を写さないなら、構わないけど」

「ありがと！　……原作の絵とけっこう違いがあるんだねえ」

「二次元キャラと現実の人間はバランスが違うからね」

八頭身モデルである栞の小顔と合わせても破綻しないように……。

なおかつ二次元のキャラのように華奢（きゃしゃ）で脚長に見えるように……。

全体的に上半身のパーツをコンパクトにアレンジしている。

「ふ～む。原作にはない装飾や縫い目が増えてるようだね」

「現実サイズにしたとき、情報量が間延びすると思ったから。実際に似たような衣装があったらどういうディティールになってるかを参考に追加してみた」

「あ〜、わかるかも……。現実の服なら、縫い目はこういう位置に出るね。なるほど」

そういう意味で蒼は『原作至上主義者』ではない。

もっとアニメ通りに作ることを良しとするコスプレイヤーも、大勢いるはずだ。

「そこらへんの了承を得てから作り始めたいんだけど、これでいい？」

「……これがいい！　現実にステラがいたらこうなるって考えだよね⁉」

「良かった、ありがとう。……それじゃあ今日は終わりだから帰っていいよ」

蒼は文房具と電卓を取り出しながら言った。

「帰っていいって……」栞はキョトンとした顔をする。

「次に確認してもらうものが出来るのは、大分先だから」

「月ヶ瀬くんはこれからどうするの？」

「型紙を作る」栞に背中を向け、裁縫室の戸棚からハトロン紙を拝借する。

自宅で愛歌以外のコスチュームを作るのは抵抗がある。

だからこの衣装は、放課後の裁縫室で作りきってしまおうと決めたのだった。

「見てってもいい？」

「いいけど……地味で面白くないと思うよ」

「たぶん面白いよ。服作り興味あるし」

……そういえばこの人は、ファッション業界の人なのだ。

「服をパーツごとに分解したような設計図が、いわば型紙だ」

栞に気を遣って、説明しながら蒼は作業を始める。

「ふむふむ。布を切るときは、その型紙にそって切るわけね」

「単純な形だったら布に線を直接描いてもいいけど、失敗したらもったいないからね。だからまずは紙で作るんだけど……その前に、星乃さんの体形を写し取った〈トルソー原型〉っていうものを作る」

栞の採寸データを平面図にして、ハトロン紙に描き出す。

描くと言っても、電卓を使いつつの製図である。

もちろんフリーハンドではなく、いろいろな形の定規を駆使し、完成させる。

「……これが星乃さんの原型。この平面図を組み立てると、星乃さんと同じ体形のマネキン、専用のトルソーができあがるってわけ」

「はえ～、私の等身大フィギュアができあがっちゃうんだ」

「トルソー(胴体)だから顔も腕も足もないけどね」

もちろんおっぱいの形まで写し取っているわけではない。簡略化された上半身だ。

「この原型は別の衣装を作るときにも流用できるよ。次があるかは知らんけど」

『次も作って！』と、栞が言うかと思ったが、言わなかった。

彼女は真剣な面持ちで、蒼の作業を見守っていた。

この原型を基に、コスチュームの設計をはじめてゆく。

「シャツとかみたいな普通の服ならお決まりの形にアレンジするだけで済むんだけど……

コスプレ衣装はわけのわからん形が多いから、想像力が試されることになる」

「想像力……？」

頭の中に立体物を思い描いて、二次元の平面図に展開する……。

「というより試行錯誤かな。一発で思い通りになることなんて、ないから。だからいきなり実寸大で作らずに、まずはミニチュアサイズのものを何度も試作する」

――ミニチュア型紙を作り、セロテープで実際に貼り合わせ、イメージ通りの立体物になるかを確かめる。おかしなところがあったら、修整する。

シルエットを決定づけるラインの角度、ダーツの深さ……すべてを緻密に確かめる。

たとえばサイズピッタリの乳袋。あれを作るのだって、簡単なことではない。

何度も微調整を繰り返して、布で構築された立体物――衣装が完成するのだ。

「布じゃない部分はどうするの？　靴とか、鎧っぽいのとか」

「靴は既製品で似ている安物を探して加工する。鎧っぽいのとかは……」

「ダンボールで作ったり？」

「いや、もうちょっとマシなコスプレボードっていう板がある。それを切ったり貼り合わせたり、塗装したり。いわば実寸大の自作プラモデルだな」

〈コスプレ造形〉——いつかは極めたいが、今のところは雰囲気でやっている分野だ。

「やべーぐらいやることが多い……」

「だけど、楽しんでやってることだよ」

創作欲求。自分の手で唯一無二のものを生み出す快感。それに夢中になる。

素晴らしい作品が出来るという予感が、いかなる作業も甘美なものに変えてしまう。

今回は星乃琹だが、いつもなら愛歌というもっ、と、も、愛着のある存在を素材に用いて、大好きな作品のキャラクターを再現する。

——その満足感ときたら、たまらないものだ。

イベント、ＳＮＳ……大勢の人々の称賛と喝采によって、この作業は報われる……。

それが誰にもバカにされたくない世界、蒼の聖域だった。

午後六時になったところで、蒼は作業する手を止めた。

「月ヶ瀬くんってこれから毎日ここで作業するの？」

「毎日は流石にしないかな。でもだいたいは……」

直也や称徳と一緒に帰ったり、遊んだりすることも当然あるだろう。

「じゃあここに来ないって日は事前に教えてよ。すれ違いになりたくないから」

「え？」

「あ、そうだ！　ていうかさ、連絡先交換しようよ‼」

「ええっ？　連絡先……？」

栞はムッとした顔をした。「何その反応……」

「氷の女帝の連絡先なんて、なんだか恐れ多くて……」

コスプレを作る人、作ってもらう人。

それを超えた関係になろうとしているかのようで、戸惑いを覚えたのだ。

「氷の女帝、か。月ヶ瀬くんにとって私の印象って、そんなに冷たい……？」

「いや、そんなことはない」

正直なところ、世間の評判との『齟齬』をずっと感じていた。

「私、入学したとき怖かったんだよ。知らない先輩に次々と絡まれて。私のことを名前しか知らないくせに、自分のものにして、トロフィーあつかいしたがるような連中が次から次へと湧いてくるの。想像してみてよ?」

「超怖い」

「だから顔を強ばらせて、身を縮こまらせて無視をし続けた。それで新聞部がつけたあだ名が〈氷の女帝〉……だってさ。それだけだよ?」

栞は「は〜あ」と、魂が抜けるようなため息をついた。

「おかげで余計な虫が近づかなくなったから感謝してるけどね……。私、男子って基本的に好きじゃないから」

現役女子高生モデルという『肩書き』。氷の女帝という『名前』。

第一印象、先入観、心理バイアス……。

人はそれだけで目の前の相手を見下すべきか、尊敬するべきか、判断してしまう。

偏見が生み出され、その透明な鎖にがんじがらめにされてしまう。

――蒼も、その鎖を嫌悪し続けてきたはずだった。

……いや、恐れ続けてきた。

怖かったのだ。だから自分もそれに縛られてしまう。

自分は陰キャ。星乃栞はカーストトップ。ことさらその格差を強く意識してしまう。

教室では目立ちたくないし、彼女とあまり関わり合いたくないと気が引けてしまう。

「月ヶ瀬くんは……」

栞は机の上に転がる夥しい数のミニチュア型紙に視線を向けた。

「月ヶ瀬くんはすごい人だよ。私なんかよりずっと……」

蒼はポケットからスマホを取り出した。

栞は「よしよし」と満足げに笑って、ＱＲコードを読み取りはじめた。

蒼は交換条件を提示するように、問いを投げかけた。

「男子が基本的に好きじゃないなら、どうして俺のことを特別扱いするんだ？」

ピピッとスマホの読み取り音が鳴ってから、栞は答えた。

「私たち、これが初対面じゃないよ。ずっと大事にしてきた気持ちなんだ。私は……あなたの作品になりたいって」

栞はにっと笑ってから、オシャレなショルダーバッグを肩にかけた。

そして逃げるように、裁縫室から駆け去ってしまう。

「それじゃあ、また明日！」

蒼は呆然と見送った。初対面ではない……？

いやいや、嘘をつけ。自分の人生に、こんな美少女との接点などあったはずがない。

そもそも愛歌以外の女子と親しくなったことだって……。

「………」

──不意に頭の中に、ほとんど忘れ去っていた面影が浮かび上がった。

いや、しかし……。薄暗い裁縫室で、蒼はその可能性について頭を巡らせた。

◇

その日の夜、自宅リビングにて『月ヶ瀬家コスプレミーティング』が行われた。

……大層な名前をつけているが、蒼と愛歌の二人で次はどこでどんなコスプレをするか、目標を決める話し合いである。

前回はこれといったイベントがなかったので、撮影スタジオで写真を撮り、ＳＮＳにアップしたのだが……。

「はいっ！　次回は『コス・フリー』でダークルナのコスプレがしたいです！」

愛歌が発言した。

一ヶ月後の五月末に行われるコス・フリーは、手軽に参加できる小規模イベントだ。

それを目指すことに異論はない。しかし……、

「ダークルナは……少し露出が激しいんじゃないか？」

ぬるずぼ☆ディザイアで最初にルナを選択すると、ルナが捕まって調教されるストーリーが展開される。そうして闇堕ちした姿がダークルナだ。

蒼がステラルートをプレイする一方で、愛歌はルナルートを進めていた。

「でも可愛いじゃん。今までしてきたキャラにはない尖った可愛さ。今までは甘い雰囲気のロリキャラばっかりだったからさ」

ダークルナ。テーマカラーは黒。ゴシックパンクっぽいマジカルコスチューム。大胆な露出。ロリキャラがそんな格好をすることで、逆に強調される魅力が確かにある。

「そういうキャラも、演ってみたいよ」と、真剣な面持ちで言ってくる。

蒼の頭に、栞の言葉がよみがえった。

――ファッションショーだって過激な格好はけっこうあるけど、恥ずかしそうにウォークする人なんて一人もいないよ。大事なのは『何を見せたいか』じゃない？

何を見せたいか。それがもっとも重要な本質だ。

このキャラにしかない魅力があって、それを表現したいなら……、蒼がその情熱を、邪魔をするべきではないのかもしれない。

「露出だって言うほど激しくないよ」

「そうかな……そうかも……？」

「大丈夫っ！　ダークルナで決まりっ‼」

蒼の心が揺らいだところを、愛歌は強引にゴリ押ししてくる。

まあ、究極のところ、愛歌が喜ぶことをするのが一番大事なのだ。

「……というわけで、お兄ちゃんはルナルートもクリアしてね！」

それは当然そうである。未プレイのまま衣装を作るわけにはいかない。

また徹夜をしなければならなそうだ。

一方で、放課後の裁縫室ではダークステラの衣装作りも続けていく。

――二重創作生活。常人ならハードと感じるかもしれないが……蒼の胸は躍っていた。

ダークステラとダークルナ。琹と愛歌。交互に二つの衣装を製作する。

気分はまるでハーレムではないか。これからしばらく、コスプレのことで頭をいっぱいにできる、コスプレ漬けの日々が始まるのだ！

――このときは、そう思っていた。

「そういえばお兄ちゃん、今日も帰ってくるの遅かったけど、何してたの？」

蒼はぎくりとした。

「それは……直也たちと遊んでただけだよ」

「ふぅん」

そのとき蒼のスマホが着信音を鳴らした。

びくっと飛び上がりながら画面を見ると、栞からの着信だった。

蒼はリビングから廊下に飛び出すと、小声で通話した。

『やっほー、月ヶ瀬くん』

「星乃さん……いったい何か用⁉」

『いや……せっかく連絡先教えてもらったからと思って……。驚いた？』

「心臓が止まるかと思った」

『あはは、ごめんね。おやすみ～！』

何の意味があるのかもよくわからん短いやりとりで、通話は切れた。

リア充ってこんな気軽に他人に電話してくるものなのか……？

メッセージアプリを介した通話だったから、電話代がかかるわけじゃないけど。

「……お兄ちゃん、電話なんて珍しいね。誰からだったの？」

愛歌が廊下に顔を出してきて、蒼は飛び跳ねそうになった。

「な、直也から……」と思わず嘘をつく。

「直也さんから？」

「お、おやすみの挨拶って……」

——何を言ってるんだ、俺は。

愛歌は「うわぁ……」という顔でドン引きした。

「お兄ちゃん……直也さんと仲良すぎじゃない？　そういう関係なの？」

「友達と仲が良くて何が悪い！　そういう関係ってどういう関係だよ⁉」

「モテないからって、陰キャ同士でお互いを慰め合うような関係……」

「余計なお世話だ！　ちょっと配慮したような言い方しやがって‼」


——このときは、そう思っていた。

このときはこれからはじまる出来事に、まだなんの心の準備もできていなかったのだ。

三章　接近

その男は颯爽と教室に姿を現し、クラスメイトすべての視線を一瞬で奪った。

小関直也――蒼の親友である彼は、オレンジが全面プリントされた黒色のシャツ姿で、教室に姿を現したのだ。どことなくオラついた笑みを浮かべながら。

ちょっとワンポイントでオレンジがあるのではない。全面プリントである。

水玉模様のように細かいわけではなく、可愛いイラストタッチというわけでもない実写のオレンジが、シャツのあらゆるところに馬鹿でかくゴロゴロとプリントされていた。

すげえ世界観の服であった。

たちまち教室は爆笑の渦に呑み込まれた。

――彼にとってほろ苦い私服デビューとなってしまった。

リア充たちに『みかん先生』という死ぬほど安直なあだ名をつけられて、直也はちょっと涙目になりながら……、蒼と称徳のところに逃げてきた。

「どうしてそんなことになってしまったんだ」

　直也を慰めつつ、蒼はそうたずねた。

「俺、気づいたんだ……。オシャレな店は怖くて一人で入れないけど、リサイクルショップなら堂々と入れるって」

「えっ？　リサイクルショップ？」

「近所のリサイクルショップにブランド服がたくさんあるのを見つけたんだよ。しかもどれも安くて……勝った！　これで俺もオシャレカーストの仲間入りだ！　そう思ったね」

　なんとなく問題点が見えてきた気がする。

「流行とあってないんじゃないの？　古い服なんでしょ、それ」

　称徳が指摘する。蒼も続いた。

「なんか特殊な世界観のブランドの服を買っちゃったんじゃないか？　リサイクルショップだと、そのブランドの雰囲気みたいなのわからないだろ」

「でも……これすごく良い服なんだぞ！　何とかっていう超高級ブランドなんだ！　今の俺は、この教室で一番オシャレな服を着ているはずなんだ……！」

「ブランドの名前を言えてない時点で終わりな気がするけど……」

　――オシャレな店に入りづらいからリサイクルショップで、これはブランド品だからオシャレに違いないと信じて私服デビュー。そして無事、笑いものになった男。

「ハッハッハ、本日のしくじり先生って感じだな」と、蒼は笑った。

「勉強させていただきました」と、称徳がお辞儀した。

「ち、ちくしょ～っ！」と、直也が叫んだ。

しかし間近でまじまじと見ると……確かに艶やかな漆黒の良い生地だ。

そこに浮かび上がるオレンジの写真プリントもやたら精彩で、安っぽさは微塵もない。

それが怖いような滑稽なような……奇妙な迫力を生んでいる。


「――小関くん、それ〈ポール・スミス〉じゃない？」

イケてる女子グループから、栞がこちらに顔を向けて言った。

氷の女帝に呼びかけられて、直也はたちまちしどろもどろになった。

「え、あ……た、確かにそんな名前だった気がする！」

栞が立ち上がり、こちらに歩み寄ってくる。

再び教室がざわつき、人々の耳目が集中した。

「メチャクチャ有名なやつだよ。ファッションにフォトグラフィックを取り入れた最初の作品とか、そんなコレクションの中の一着だったはず。おいくらだったのん？」

「1500円……」

「安っ⁉ 歴史を変えた一着がそんなお値段でいいんですか⁉」

通販番組のアシスタントのように、栞は大袈裟にのけぞってみせる。

教室に笑いと驚きのざわめきが広がっていった。

「ていうかメチャクチャ見る目あるじゃん！ 流行を追うのもいいけど、かって流行そのものを作り上げたアーカイブを楽しむのもいいよね」

——栞のその一言は、直也を笑い物にしたすべての陽キャたちを断罪した。

「なかなかやるじゃん」「いや、俺は最初からモノはいいと思ってたよ」「どんなに良い服でも俺はだせえと思うわ」「あいつの着こなしが悪いんだろ……」「俺なら……」

賛同、否定、言い訳、議論……様々な言説が飛び交う。

みかん先生への風向きは完全に変わった。

「……大人っぽくキメた格好にハズシで取り入れると、ちゃんとオシャレだと思うよ」

栞は蒼たちに小声でそう囁いた。

直也は安っぽいダメージジーンズを穿いて、アロハシャツみたいな感覚で羽織っていた。

こいつの着こなしそのものは、やはり落第なのだろう。

直也を完璧にフォローし終えて、栞は颯爽と女子グループに戻っていく。

女子たちが「星乃劇場！」「流石～っ！」「かっこよすぎでしょ！」と大喝采で迎えた。

その立ち振る舞いは、確かに洗練されたかっこよさだった。

「ま、おまえは明日からまた制服に戻った方がいいぞ」

蒼は直也の肩をポンと叩く。

「……そうする。大人っぽくキメた服なんて持ってないし」

派手なシャツを着た直也は、しゅんとうな垂れた。

脱オタの道とは深く険しいようで、蒼はそれを他人事として見守った。

放課後になると、蒼と栞は裁縫室で二人きりになる。

そしてついに、ダークステラの型紙が、完成した。

「おおっ！　ミニチュアじゃない実寸大の型紙！　それじゃあいよいよ布を切るの⁉」

「そしてこれが型紙通りに仮縫いした『シーチング』」

まるでクッキング番組のように、蒼はすでにできあがった真っ白い衣装を取り出した。

「へ？　シーチング？　なに、それ？」

栞は拍子抜けしたように首を傾げる。

「仮縫い用の安い綿生地だよ。これはそれを使った試作品ってわけ」

「あれだけミニチュア作ったのにまだ試作するんかーい！」

「そりゃ、実際に着ないとわからないところがまだまだあるし。それで……何度か試着してもらいたいんだけど」

試着して、脱いで、微調整。それを何度も繰り返すことになる。

「あ、だったらちょうど良い物があるよ」

栞は軽い調子でバッグの中を漁りだした。

そして、びろんとした紺色の布を取り出す。

「そ、それは……⁉」蒼は思わずのけぞった。

「オタクならみんな大好き、スクール水着ですっ！」

別に大好きとかじゃないけど……と蒼は小声で反論した。

・

「更衣室にわざわざ行くの面倒だから、廊下で待っててよ」

そう言って蒼を追い出し、栞は着替えを始めた。

普通なら抵抗のありそうなことを簡単にやってしまう子だ……。

覗かれる不安とか、ないのだろうか？

ひょこっと栞が廊下に顔を出し、手招きをしてくる。

「はい、お待たせ」

おかしな感じだった。

どこか場違いな感じのするスクール水着姿の美少女と、裁縫室で向き合う。

「なんで微妙に視線を逸らしてるの？」

「……逆に聞くけど、堂々と見てもいいわけ？」

「別にいいよ。水着なんて海でもプールでも、普通に他人に見られるもんじゃん」

それはそうだけど、二人きりの部屋で女の子の水着姿をまじまじと見るなんて……、
それはなんだか、おかしなシチュエーションだと思うのだ。

とはいえ変な遠慮をしていたら、作業がいつまで経っても進展しない。

蒼は恐る恐る顔を向けた。

栞はわずかに身を震わせて、深めにひと呼吸してから蒼に顔を向き合わせた。

ほんのり頬が赤い気がするが……本人が平気と言っているのだから、気のせいだろう。

「スタイルいいでしょ。モデルだからね」

「ああ、うん……どうして水着なんて持ってきてるの？」

「こないだ学校で買わされたじゃん」

夏の水泳授業に向けて、学校指定の水着を買わされたのだ。

「そのとき、採寸のときにこれがあったら良かったなと思ってさ。また何かの機会に役立つかもと思って持ってたわけ。……それじゃあ白いの、着るね」

――栞はシーチングの試作品を水着の上から身につけてゆく。

「すごい！　色は真っ白だけど……それ以外はダークステラそのものだよ⁉」

鏡に身を映しながら、栞はぴょんぴょんと飛び跳ねた。

なるほど、と蒼も感心した。愛歌(まなか)以外の人間に衣装を着せるのは初めてだが……。

ファッションモデルとは、究極の『生きたマネキン』なのだ。

「はい、脱いで」

「ええっ⁉　まだひと目見ただけじゃん！　どこに問題が……」

「後ろの襟が抜けてる」

はっとして栞が後ろ襟に手を伸ばすと、そこは首から数センチほど浮いていた。

栞が衣装を脱ぐと、蒼は縫い合わせを躊躇いなくほどき、微調整を加え、また仮縫いし直す。そして再び栞に試着をさせる――それは栞が目を回すような速さだった。

いつしか蒼はスクール水着など気にもしなくなっていた。

チェックすべきことは無数にある。

妙なシワはよっていないか――。

シルエットが身体の曲面を破綻なく包み込んでいるか――。

ポーズをとったときに突っ張るところはないか――。

二次元キャラは空想の産物ゆえに完璧だ。

その完璧を、リアルでも目指さねばならない。

「こだわりすぎじゃない？　まるで仕事でやってるみたい……」

「趣味だからこそ妥協したら後悔する。そういう姿勢じゃないと『作品』にならない」

「仕立屋……」

栞が呟く。「何それ？」と、蒼は顔を上げた。

「一着数十万円もするようなオーダーメイドのスーツって、採寸するだけじゃなくて顧客を何度も工房に呼び出して、何度も試着させて、何週間もかけて完成させるんだって。月ケ瀬くんのコスプレ作りもそれに近いなと思って。やってることが一流の職人だよ」

「……そんなのと比べられるようなことじゃないよ……」

ただのコスプレ好き高校生が、そんな本物の一流に近づけるはずがない。

胸を張って自信をもてるのは、『妥協をしない』というただ一点だけだ。

縫ってはほどいてを繰り返すうちに、シーチングの生地がボロボロになってゆく。

しかし形そのものは、蒼の理想に少しずつ近づいてゆく。

理想とは——そのキャラクターへの愛情そのものだ。

あるいは——コスプレイヤーへの愛情。

「月ヶ瀬くんはすごいね……」琹はため息まじりに呟いた。

夜の七時頃、蒼はその作業を終えた。

修整を重ね続けたシーチングはボロ切れのようになり果てたが、蒼と琹は神聖なものを見るような目でそれを見下ろしていた。

「後はこれを基にして、型紙の最終完成版を作ったら……」

「次はいよいよ生地に手をつけるわけだっ！」

琹が興奮気味に問いかける。

「いや、まだ生地の準備ができてない。星乃さんにもどんな生地を使うか、実際に見てもらおうと思って」

「私も生地を選ばせてもらえるの⁉」

「そうしてもらえると助かるんだけど……もちろん俺が助言とかするから」

「するするっ！　ダークステラの衣装の生地を自分で選べるなんて神じゃん‼」

スク水姿でぴょんぴょん飛び跳ねて喜ぶ。

生地を選ぶといっても、蒼の自宅や裁縫室のストックに都合の良い生地が余っているわけではない。買い出しに行かねばならないだろう。

そうなると、二人で買いに行くのが効率的だが、それではまるで……。

「それじゃあ週末は、デートだね！」

「えっ？」

「だって生地って、買いに行くんでしょ？」

「何もそれを、デートと呼ばなくていいじゃないか」

しかし栞は聞く耳持たずに笑顔をほころばせる。

「うわぁ〜、楽しみだなーっ！　月ヶ瀬くんと二人で、こんなにこだわって作ってるダークステラの衣装の生地を選ぶなんて神！　神要素しかない⁉　神展開じゃん‼」

蒼はもごもごしてしまった。

……まるで俺と一緒に行くことも喜んでいるみたいだ。

ふと、さっきまで意識しなくなっていたスクール水着姿を意識してしまう。

なだらかに膨らんだ品の良い胸、細くくびれた腰から魅惑的な曲線を描くお尻……。

相手を女の子として、急激に意識してしまう。

待て、落ち着け。こんな綺麗な女の子が俺とのデートを喜んでいる？

三次元の女の子を相手に、そんな都合の良いことが起こるわけがない……。

「てか、週末でいい⁉」

栞がぐわっと顔を迫らせてきて、蒼は身を引いた。

「あ、ああ……。日暮里に行くから、そっちの都合が良ければ」

「日暮里って、確か『生地の問屋街』っていうのがあるんだっけ？」

普通の高校生には縁の薄い駅だが、さすがは現役モデル、ピンときたようだ。

「おけ！　じゃあ……今日はもう遅いから、のちのち詳細をつめてこ！」

その言葉を受けて、着替えるだろう彼女を残して裁縫室を後にしようとすると――、

「月ヶ瀬くん」

水着の肩ヒモに手をかけながら、栞はにっと笑った。

「着替え終わるまで待っててよ。一緒に帰ろ？　帰り道、途中まで一緒のはずだから」

――彼女は俺の家の場所を知っている。

そのことの意味について、蒼は考えなければならなかった。

「月ヶ瀬く～ん！　着替え終わったよ！　ぴらっ」

着替え終わった彼女は、裁縫室から出てくるといきなりスカートをまくり上げた。

思わず息を呑み、スカートの中に視線が釘付けになる。

水着のままだった。

「あははっ！　そのリアクションが見たかったから、水着の上に着てきちゃった！」

栞はけたけたと愉快そうに笑った。

なんやねんこの女……。

やっぱり俺をからかっているだけなのでは……。

二人で夜の校舎を出る。すでに下校時間ギリギリで、静まりかえった校庭にひと気はなかった。まるで世界に二人きりのようだった。

琹も自転車通学だというので、駐輪場に向かう。

自転車には乗らず、話をしながら押して帰った。

「ね、月ヶ瀬くんはぬるずぼのどのシーンが一番よかった⁉」

会話内容は……ほとんどエッチなゲームについてだったが。

「私はスライム責め！　スライム責め、いいよね……？」

よくねえよ、キラキラした目で同意を求められても、わかんねえよ。

しかし怒濤の勢いでオタク話を振ってくれるから会話に困ることはなかった。

そうしてあっという間に分かれ道にたどり着いた。

「おっと、ここでお別れか……」

街灯の下で、琹が足を止める。

「……家まで送っていこうか？」

蒼がそう言うと、琹は目を見開いて、まじまじと見てくる。

「あ、いや……こんな時間になったのは俺の責任でもあるかと思って……」

何故か言い訳がましい口ぶりになってしまった。

琹は俯いて、小さな声でため息まじりに呟いた。

「…………はぁ……、しゅき…………♡」

「何か言った？」

「ううん、なんでもない！」

栞は顔を上げてにかっと笑った。

「ありがとう、夜道とかけっこう怖いからすごく嬉しい！　でも大丈夫だよ。ほら、私、あのマンションだから」

指さした先には、確かにもう見える距離にマンションがそびえ立っていた。

「そういうことなら、それじゃあ」

「うん、また明日、教室で！」

ひゃーっ！と叫び出したいような気持ちになって、栞は猛烈な勢いで自転車を漕いだ。

最高の一日だった。

しかもその『最高記録』はすぐまた更新する可能性が高い。

週末はデート。デートなのだ。買い物を口実にした暫定デートって感じだが。

栞のテンションは、密かに最高潮に達していた。

「ふひひっ！」

思わず人前では出せぬような、変な笑いがこぼれる。

遊んでいそうなどと思われがちだが、生まれて初めてのデートである。

男に困ったことがなさそうとよく言われるが、彼氏がいたことなど一瞬とてない。

……私が羨ましがられるものなんて、すべて外面だけのハリボテだ。

だが……今はもう自分を惨めだなんて思わない。

小学生の頃の初恋を叶える。

それに勝るロマンなど、他にあるだろうか。

◇

「お兄ちゃん、最近いつも学校から帰ってくるの遅くない？」

蒼が台所で食器を洗っていると、ソファでゴロゴロしながら愛歌が問いかけてきた。

「まあ……いろいろあってな」

そういえば、愛歌を寂しがらせないようにしようと決めたはずなのに……、まったくそれができていないことに気づいて、蒼は口ごもった。

「ふうん、まあいいけどさ」

蒼が洗い物を終えて振り向くと、愛歌はぴょいっとソファから立ち上がった。

黄緑色をしたカエルのパーカーと短パン——彼女が愛用する変な部屋着セットだ。

いきなり愛歌が、メジャーを投げ渡してきた。

「ね、今回はお兄ちゃんが採寸してよ」

「採寸?」

今回というのは、コス・フリーに向けたダークルナの衣装のことだろう。

「どうして? いつも自分でしてるじゃないか」

「だってダークルナのコスは今までよりピチピチでしょ? でも自分一人で採寸するのって、正確にやれてるか不安なんだもん」

流石(さすが)にそれは不味(まず)いだろ。

そう言って拒否しようと思ったのだが……愛歌は小首を傾(かし)げて言った。

「兄妹(きょうだい)なんだから、平気でしょ? お兄ちゃん、気にするの?」

……そう言われてしまうと、こちらも「まあな、全然気にしない」と言うしかなくなる。

愛歌が平気なら、こちらも当然平気だ。

義兄が義妹に変な目を向けるなんてあり得ないし……あってはならないことだ。

「それじゃ、早速」

愛歌はいきなり着ているパーカーをまくり上げた。

「うわっ！　ちょっと待て⁉」

せめて水着にでも着替えてこい……と言いたかったのだが。

それより先に愛歌はパーカーと短パンを脱ぎ捨ててしまった。

「ちょうど邪魔にならないような下着だったからすぐ採寸できるなと思って」

薄手の綿のハーフトップと、パンツ。

色はおそろいのライムグリーンだった。

余計な装飾はなく、柔らかく肌に張りついている。

弟みたいなもん……なのだが……つい、視線を奪われてしまう。

普段は隙のない愛歌の下着姿を目にするなど、何年ぶりかわからない。

「ほら、まずはバストから」

愛歌が両腕を持ち上げる。つるりとした脇がさらけ出され、胸がくいっと持ち上がる。

——背のわりには大きく、形の綺麗なバストだ。

仕方がない。蒼はため息とともに自分に言い聞かせた。
……何も感じてはならない。
腰をかがめて、愛歌の胸にメジャーを巻き付けていく。
背中を始点とし、水平を乱さないように注意しながら……、
おっぱいの一番高い頂点を通過させていく……。
メジャーがおっぱいにプニッと食い込み、柔らかさが視覚的に伝わってきた。
「んっ……」
……メジャーがおっぱいの頂点に食い込んだとき、愛歌が小さな声をあげた。
「は、84センチ」蒼が測定値を読み上げる。
「成長してる！　へへっ、お兄ちゃんどう？」
愛歌はスマホにメモを取りながら快活に笑った。
「特に何とも。バストポイントは後で自分でやれ。ウエスト行くぞ」
さらに腰をかがめて、愛歌のおへそに視線を合わせる。
——足跡ひとつない雪原を思わせるような、滑らかなお腹だった。
くびれの部分からメジャーを回してゆく。折れそうなほど細い。
しかし実はガリガリに痩せているわけではなく、うっすらと肉がついていてメジャーが

プニっと食い込む。細いのにプニプニとした、矛盾したような体つきなのだ。

恐らく骨格が凄まじく華奢なのだろう。

「52センチ」

やはり栞よりも細かった。

さらに腰をかがめて……蒼は愛歌の後ろに回り込んだ。

義妹のパンツを前から見るか、後ろから見るか、という問題に直面したのだ。

前から見るのは良くないと思った。……お尻の方がマシだろう。よって背後からである。

「けつぶりんこーっ！」

いきなり愛歌がお尻を突き出して、蒼の顔面にヒップアタックをかました。

「ぐわあっ」

柔らかな衝撃とともに、蒼は尻餅をつく。

「いきなり何をする!?」

「お兄ちゃんの顔がお尻のそばにあったから、つい……」

「つい、で人の顔面にケツを押しつけるな!!」

……柔らかかったじゃないか。

蒼は心を落ち着かせながら、義妹のヒップとミドルヒップを測った。

「股下も自分じゃ測りづらいから、測ってよ」

確かに一人では測りづらいところだ。仕方がない。

蒼は床にメジャーの端をつけてから、愛歌の股のあたりまで伸ばす。

「メジャーが浮いてるよ。ぴったりつけないとちゃんとした数字にならないでしょ」

蒼はメジャーを持つ手を、愛歌の太股(ふともも)にぴったりとくっつけた。

股関節に、しっかりとメモリを合わせる。背は低いけど……本当に脚は長いな。

「ぎゅ〜」

いきなり愛歌が太股を閉じて、蒼の手を挟み込んできた。

温かく柔らかな太股に、手が包み込まれてしまう。

「何だよ急に……!?」

「特に意味はないけど、お兄ちゃんの手だーって思って」

「採寸中に遊ぶな!」

――そのほかに肩や背中などを測り、兄妹による採寸は終わった。

「えへへ〜、育った育った♪」

「大して変わってなかっただろ、ガキンチョめ」

愛歌は上機嫌な一方で、蒼はげっそりと疲れ果ててしまった。

……だが愛歌の体形は数値としては把握していたが、改めて立体物としてイメージできるようになった気がする。それは悪いことではない。

次に作る衣装のシルエットが、頭に浮かびはじめていった。

「ぶーっ。誰と比べてガキンチョなのさ」

「……具体的な比較対象があるわけないだろ。とっとと服着ろ」

蒼は床に転がっていたパーカーを愛歌の顔に向かって投げつけた。

「えへへ、でも久しぶりに楽しかったな」

「何で？」

「久しぶりに、お兄ちゃんに甘えた気がする」

そういうことをさらりと口にするのは、弟でなく妹だと思った。

四章　物語の開始点（はじまり）

蒼（そう）はクローゼットを前にして、苦悩していた。

週末、女の子と買い物に行く。むろん制服というわけにはいかない。

とはいえ悩むほどの種類はもっていない。

トップスは黒い長袖Tシャツ。白だと下着っぽく見えてしまいそうだし、色柄ものはセンスを問われる気がして怖いから、無地の黒しか持っていない。

同じく黒無地のジャンパー。ノーブランド品。しまむらで買った。

リーバイスのジーパン。蒼でも名前を知っているぐらい有名だから、たぶん恥ずかしいものではないのだろう。

それ以外はジャージとスウェットしかない。論外である。

つまり選択肢などなかった。新しい服を買いに行くという選択もあったが……わざわざそこまで気負うほどのことではあるまい。陰キャなりの普段着で、いいだろう。

蒼は洗面台に立ち、再び苦悩した。

髪にワックスをつけ、眉剃りで眉を整えるかどうか。
いずれも使い方は熟知している。
愛歌がコスプレする際に、彼女の髪や眉を整えるのは蒼の役目なのだ。
しかし自分自身がそれをする習慣はなかった。
普段していないのに、休日に女の子と会うときだけそれをするのは……、
いかにも気合いを入れているという感じがして、恥ずかしい気がする。
デートのつもりかよ、なんて思われてしまいそうだ。
いや、本人がデートなんて口走っていたのだが……どこまで本気かわからないし。
そもそも千円カットで切った髪にワックスをつけたところで、意味なんてあるのか？
そう思い至ると、付け焼き刃の身だしなみなど、何もする気がなくなってしまった。
変に気合いを入れて家を出るところを愛歌に見られても面倒くさいし……。
――けっきょく蒼はありのままの姿で家を出ることにした。

待ち合わせ時間の十五分前に駅前にやってくると、彼女はすでにそこにいた。
ひと目でわかった――遠目にもオーラが違う美少女ぶり。
今日の栞のコーデは、白いブラウスにオレンジ色のギンガムチェックのスカート。

そこにミントブルーのカーディガンを羽織っている。

オレンジとブルーは『補色』の関係で、真逆の色だ。なので組み合わせると、派手でとげとげしい印象を与えがちとなる。しかし彼女は彩度の薄い『ペールトーン』で統一することで色合いを調和させ、春らしい華やかさを生み出している……ような気がした。

「月ヶ瀬くんっ！　おはよ！」

向こうも気づいて笑いかけてくる。瞬間、輝きの粒子が弾け散ったように感じた。

「……いつもと化粧が違う」

「あ、嬉しいな。流石コスプレ職人、メイクにも目敏いね」

学校での彼女はもっとナチュラルメイクだった。しかし今は目元に色をうっすらと乗せ、ツヤのあるリップを塗っていた。輝く粒子の正体は、ラメだ。

やりすぎ感はなく、美少女がさらに美しく……繊細な芸術品めいて見える。

端的に言えば、気合いが入っていた。いつもより確実に。

……どうして俺はこんな普段通りの姿で来てしまったのだろうと、蒼は後悔した。

「あははっ！　月ヶ瀬くんは黒い服で来ると思った！」

「……それは俺がダサい陰キャだから？」

バカにされたのかと思って、怖じ気づいてしまう。

「でも制服と同じようにサイズ感はバッチリで、だらしない格好では来ないだろうなって予想してた。ドンピシャだね。だからほら、今日の私が横に立つと……」

栞はすっと蒼の隣に立ってみせる。すぐそばの店のウィンドーに、二人の姿が映った。

「黒い格好が、男らしくスタイリッシュで引き締まって見える」

……確かに。何の芸もない黒一色の服装が、計算されたスタイリッシュさに見える。

不思議なくらい、陰キャと陽キャが調和していた。マジックか？

もしも栞がジャケットやコートのようなかっこいい服を身につけていたら、蒼は完全にダサい感じに霞んでいただろう。

だが今日の栞はゆるいサイズ感のカーディガンにふんわりとしたロングスカート。どこか身近感のあるかわいい格好で……隣に立つ男といっさい競合していない。

「……そこまで考えて服を着るの？　現役モデルって。やばくない？」

完璧すぎて、ちょっと引くのだけど。

「だって楽しいよ？　月ヶ瀬くんがどんな格好してくるか想像して、二人で歩く姿を想像して……ベストカップルに見えるコーデを目指しましたっ！」

今度はベストカップルだなんて、本気なのか、冗談なのか……。

「それじゃ、いこっか！」

彼女の明るさに引っ張られるようにして改札へと向かう。

眉ぐらい整えてくれれば良かったと蒼は悔やんだ。

眉を整えない理由を「面倒くさいから」と、以前に話したことがある。

もしも眉を整えてきていたら、彼女はきっと喜んでくれたに違いない。


コスプレの聖地といえば『池袋』だが、コスプレ作りの聖地といえば『日暮里』だ。

コスプレ作りというより……服作りの聖地と呼ぶべき場所である。

古くは大正時代より、布、ボタン、革、糸、アクセサリーなどなど……服のあらゆるパーツが集まる街だったのだ。

今日では、コスプレ専門店も珍しくない。


……というような話を、電車の中でした。

「服は好きだけど、素材単位で興味をもったことはあまりなかったな。楽しみ！」

「普通の高校生は、そんなところに興味もたないよね」

「そういえば私のSNSにアップし続けてるダークステラの衣装の製作過程、けっこうバズってるんだよ、ほら」

「バズってる？　マジで？」

差し出されたスマホ画面を、蒼はおっかなびっくり覗き込んだ。

現役モデル星乃栞のアカウント……。フォロワー数、三万人。

フォロワー数十万人のマナママナと比べると、さほどの規模ではない。

デザイン画、型紙、シーチングの試作品……事細かく画像がアップされていて、なかなかの数の『いいね』がついていた。

「このいいねをつけてる人、プロのデザイナーさん」

「ぶっ」

舐めてかかっていたら、フォロワーの質が違った。ガチじゃねえか。

「モデル友達とかスタイリストさんとか、みんな完成を楽しみにしてるよ！」

「何それ怖い。そんな人種に注目されてたの……？」

「ほら、このコメント……『その子うちのデザイン事務所でバイトしてくれないかな』『紹介して欲しい』だって。どう？　たぶんわりと本気で言ってると思われ」

「やだよそんなバイト！　怖い！」

とはいえ……自分の技量が『本職』の人からどう評価されるか。

それは少し気になった。

日暮里に着いてからは、まずランチをする予定となっていた。

二人でランチだなんて、ますますデートじみているが……、
どうせ休日に会うんだし、と栞の方から提案してきたのだ。

どこに食べに行くかまでは決めていない。

女の子と一緒なら……オシャレなイタリアンでパスタとかが良いのだろうか？

しかし……辺りを見回してもあまりオシャレな食べ物屋が見当たらない街である。

「月ヶ瀬くん、ラーメン屋があるよ、ラーメン屋！　あそこのサラリーマンが昼休みに立ち寄りそうな風情の寂れたとんかつ屋も良い感じ！　あっちにはいかにも昔からありそうな赤い暖簾の中華料理屋さんが……！」

栞ははしゃぎ声をあげて、目に入った飲食店を指さしていく。

「……チョイスがあまりにもおっさんすぎない？」

「だって月ヶ瀬くん、私に気を遣ってオシャレなイタリアンでパスタとかって考えてそうだなーって思って」

「考えたけどさ……一言一句違わず図星だけどさ……」

「そういういかにもデートなのも憧れるけど、まずはもっと気楽な関係になりたいなー。もっと雑に扱って欲しいよ」

「現役女子高生モデルを雑に扱えって？　俺みたいな陰キャが？」

「ほら、そういうこと言うー。モデルったって私、まだまだ木っ端モデルだよ」

確かに彼女には、いつも引っ張られてばかりだ。

たまには自分が……彼女を引っ張ることに挑戦してみるべきなのか。

……よし。


「あのラーメン屋、名店っぽいオーラを感じるな。何となくだけど」

「お、いいねいいね。そういう直感大事にしてこ！」

「と思ったけどカツ丼食いてえ。やっぱとんかつ屋にしよう」

「何なんだよ！　よし、行こうぜ！」

栞は悪友めいたノリで笑い、二人でとんかつ屋に入った。


ランチの後――いよいよ〈日暮里繊維街〉にやってきた。

その中でもとくに老舗の店に入る。

巻物状に並べられた生地の数を前にして、栞は「おおーっ！」と感嘆の声をあげた。

圧巻とは、言葉どおり、まさにこのことだ。

「ムーンのツイードとかある！　こっちはロロ・ピアーナが使ってる生地だって！」

蒼にはよくわからんが……普通に高級ブランドが使うようなやつもある。

栞が目を奪われているような高級生地は、1mあたり5千円はする。コスチューム一着分として3、4mぐらい確保したら数万円にもなるだろう。

一方で1m100円とかで投げ売りされているものは、見るからに質感が安っぽい。

「コスプレって、どんな風に生地を選べばいいものなの？」

「ポリエステルを使うことが多いかな。ポリエステルのツイルやサテン」

「どうして？　ポリって安っぽいじゃん」

「コスプレ衣装って畳んで運ぶことが多いから。シワになりづらいし便利なんだよ」

「ああ、そういう事情もあるのか……」

「タオルを挟んで折り目がつかないようにするとかってテクニックはあるけどね」

栞がコスプレするダークステラは、SMの女王様と軍服を組み合わせたようなデザインだ。サディスティックなジェネラルという感じである。

下着みたいな布面積のボンテージに、軍服の上着を羽織ったような姿だ。

「ボンテージがポリエステルなんて嫌。やっぱレザーでしょ」

「値段と加工性を考えたら、フェイクレザーの方がいいかな」

本革を縫うには専用のレザークラフトミシンが必要だ。

学校の裁縫室に確かあったはずだが……蒼もまだ使った経験がない。

「月ヶ瀬先生も本革は無理かね？」

「……やれと言われたらやってみせるさ」

でも初めてのレザークラフトがボンテージだなんて正気ではない。アホだ。

それに小物用ではない大きな一枚革は、本当に値段がケタ違いなのだ。

「ふーむ」と、琹はうなった。

「軍服っぽい部分は、軍服といってもM65みたいなコットン製の戦場服（フィールドジャケット）って感じじゃないよね。もっと指揮官とか将校とかが着るみたいな……」

M65というのが何なのか蒼にはよくわからないけれど、印象はその通りだ。

「もっと重厚な、厚めのポリツイルかウールのサージ生地かな。もしくは混紡（こんぼう）か」

「はい先生！　ウールがいいです！」

「表面積が狭い衣装だから、贅沢（ぜいたく）にウールを使ってもいいかもな」

蒼が言うやいなや、琹は鼻歌交じりにウール生地を物色しはじめた。

「……おい、イギリス製とかイタリア製とか書いてあるのばかり手に取るのやめろ」

「月ヶ瀬くん！　カシミアがある！」

「それは本当にやめろ。……本当にぶっちぎりで高いから」

二人はしばし夢中になって生地を吟味した。

その場で即断はせず、いくつもの店をハシゴしていく。

「ねえ、一応だけど……材料費は全部私が出すからね」

店舗を渡り歩きながら、栞が言った。

「俺の作品でもある」

栞はふっと笑ってから……やけに本質的な言葉を口にした。

「月ヶ瀬くんのお財布は、マナマナのために使わないと」

◇

お店の人に生地をカットしてもらい、畳んで紙袋に入れてもらう。

すべての買い物を終えると、蒼の両手はいくつもの紙袋で塞がった。

重くはないが、とにかくかさばる。

「私も持つよ」と、栞が手を差し出した。

「このままだとオタクを酷使してるコスプレサークルの姫みたいに見えそうだから」

「確かにそういう関係にしか見えないだろうな」

栞はくすっと笑った。「違うのにね」

「違うのかな」

「だって追っかけてるのは私の方だもん。ずっと前から……」

夕暮れの日暮里を、駅に向かって並んで歩いていく。

「小関くんって面白いよね」

——死ぬほど意外な話を振られた。ここで直也かよ。

「あんまりピエロあつかいしないでやってくれよ。ピエロだけど」

「そういうのじゃないよ。頑張ってる姿が、見ててわかるから。なんか共感するなって」

「…………星乃さんも、高校デビューだから？」

たぶんそうだろうという推測を口にする。

「イエス。どうやら勘づいてくれているようだね……私の正体を！」

おどけた口調で言ったが、栞は駅構内に足を踏み入れると、口を閉ざしてしまった。

ひと気の多いところで話したいことではないのだろう。

緊張感を湛えた美しい横顔を、蒼はじっと見つめた。

電車に乗って、窓の景色を観ながら揺られていると、栞は再び口を開いた。

「もしも私が生まれついての陽キャだったら、変身することにここまでの執念をもてなかったと思う」

「口を開くとわりとオタクだもんね。ファッションについて喋るときも生まれながらセンスのいい陽キャっていうより、理屈っぽいファッションオタクって感じがする」

「そうそう、だから月ヶ瀬くんと二人でいるのめっちゃ楽しい。生地とか色彩感覚とかシルエットとか……本質的な話が通じるからね」

「スライム責めの良さはよくわからなかったけどね」

「月ヶ瀬くんはどの調教が一番良かったの？」

「それはもちろん露出調教」

「コスプレイヤーの鑑だね！」

琹は楽しそうに笑った。やはり露出はコスプレを連想するものらしい。

地元駅にたどり着いた。

ここからお互いの家までは、そう遠くない。

だからだろうか、琹はすぐに切り出した。

「私はだーれだ？」

蒼は即答した。

「小学校のクラスメイトの一ノ瀬栞。イチノって呼んでたから下の名前なんて忘れてた」

——蒼の実家の住所を知っているのは、学区が同じだったからだ。

推測は難しくなかった。蒼の人生で女の子との接点なんて、数えるほどもない。

……ただ当時の彼女は、現在の彼女と比べて倍以上の質量を有していた。

「あの頃は私太ってて男子からいつもからかわれてたけど……月ヶ瀬くんだけは私のことをバカにしないで普通に接してくれてたよね」

正直に言えば、その頃の蒼は、クラスの女子の美醜なんてどうでも良かった。

——ある日、降って湧いたように、ぶっちぎりの美貌の義妹ができたから。

愛歌と比べたら、誰を見てもかわいいと思えなかった。

だから蒼にとってすべての女子は平等だった——それだけのことだ。

なんの話をしてもコロコロと笑ってくれる、愛想のいい太った女子がいたことを、微かに覚えている。家の方向が同じだったから、一緒に帰ったこともあったはずだ。

「小五の家庭科の時間、覚えてる？」

大切な宝石箱を開くように、栞は思い出話を打ち明ける。

「あの頃から月ヶ瀬くんは裁縫が上手で、あっという間に課題を終えると、余ったフェルトで造花を作って、隣の席の私にくれたの」

そんなこともあった。

当時の蒼は、他人にはない自分の特殊技能が誇らしくて、それをひけらかしたくてしょうがなかったのだ。今となっては馬鹿なことをと思うけど。

――そういう承認欲求が、蒼の人生に消えることのない黒歴史を生んだこともあった。

「あの時から、月ヶ瀬くんのことがとても好きです」

蒼の返答よりも、気持ちを打ち明けることが何より大事という口ぶりだった。

「小六のとき、担任の先生の勧めで裁縫コンクールに出品してたよね」

――黒歴史をほじくられたような気持ちになる。

蒼はあろうことか、愛歌に作ってやった魔法少女のコスチュームをそのまま出品した。

ぶっちぎりで優勝したが、果たしてそれは名誉だったか、どうか……？

あの頃の蒼は、自分の趣味が他人からどう見られるかなんて意識していなくて……。

クラスメイトたちから、散々にバカにされたのだ。

『裁縫なんて女みたい』『コスプレなんてオタクっぽい』『魔法少女なんて……』

——あれ以来、蒼はコスプレという技能を他人に見せびらかすのをやめた。

「あの時から、あなたの作品になりたいって憧れてました」

そんなふうに思ってくれた人もいたのかと、蒼は驚いた。

「でもデブだったし好きだなんて言えなくて。都内の進学校に中学受験して、そこで接点がなくなっちゃった」

そうして彼女は蒼の記憶から消えていった。

栞の種明かしは、第二章へと続いた。

「その中学校で上手くいかなくて、私、登校拒否になっちゃったの……」

……いじめにでも遭ったのだろうか。

「親と話し合って、高校は地元に戻ろうってことになって。だから、そこで徹底的に高校デビューを目指した。変わりたかったんだ、魔法少女みたいに」

「……とんでもない変わりぶりだ」

「一年で体重を半分にしたよ。もう一年で、オシャレと美容を徹底的に勉強した」

彼女のファッションは、すべてセンスではなく理屈だった。

脱オタファッションだったのだ。

「街でモデルにスカウトされて、ようやく変われたって確信がもてたんだ。最初の仕事は小さなタウン誌だったけど。だからまあ、私にとってモデルってどうでもよくて」

彼女はモデルになったのではなく、魔法少女に変身したのだ。

「両親が離婚しちゃって苗字も変わっちゃったんだ。おかげで陽峰高校には同小も一杯いるのに……だあれも気づかないでやんの」

かくして完璧な高校デビューは果たされた。

「月ヶ瀬くんも全然私に気づいてくれないし」

「いきなり陽キャがグイグイ迫ってきて、超怖かった」

栞はけたけたと笑った。

「月ヶ瀬くん、いつもキョドって怯えてて超楽しかった。変身するって、超楽しい」

氷の女帝。彼女の高校生活は、すべてがコスプレだったのだ。

毎日コーディネートを変えて、カーストの頂点に君臨するキャラクター……。

「この高校であなたの姿を見つけて、長年の憧れを叶えたいって思ったんだ」

「俺の作品になるってこと……？」

昔話を終えて、栞は足を止めた。

ちょうど駅から一緒の道を歩き終えて、二人の分かれ道だった。

「いや、一応ね……お付き合いもしたいと思っての、告白なんだけど……まずは、そう。あなたの作品になりたい。それで……この衣装が完成して、それが叶ったら……」

衣装が完成するまで……あと一週間というところか。

栞は持っていた紙袋を蒼に差しだした。

「私とのこと……今の話の返事……考えてみてください」

長い打ち明け話を終えると、栞は蒼の反応から逃げ出すように背中を向けた。

「じゃあねっ！　よろしくっ！」

懐かしさをまったく感じない鮮やかなブルーとオレンジを身にまとった少女が……、夕暮れの街に溶け込むように駆け去っていく。

そのカラフルな背中が見えなくなるまで、蒼はそれを見守った。

◇

——世界は完全に変わり果てた。

女の子に告白をされたのだ。男子高校生の人生が、変わらないはずがない。

嬉しかったが、幸福の実感はまだなくふわふわしていた。

そして衣装が完成するまでの時間が、もどかしくもあった。

考えて欲しいと彼女は言った。まさしく蒼の頭は彼女のことで一杯になった。


それでも、今——蒼は机の前で、型紙の製図に集中している。

栞ではなく愛歌のダークルナのコスチュームの型紙だ。

栞に告白されたからといって、愛歌の衣装を作ることがどうでもよくなるわけではない。

集中するにつれて、頭の中から今日の出来事が遠ざかっていった。

作業部屋は、亡くなった母の部屋だ。

母は裁縫が好きだったようで、この部屋には一通りの道具が最初から残されていた。

ここがすべてのはじまり——蒼が今の蒼という人間になった場所だ。

「お兄ちゃん、コーヒーか紅茶でも飲む？」

ドアが開いて、愛歌がひょっこりと顔を覗かせた。

時計を見上げると、夜の九時だった。

夜更かしするつもりなら気にせず飲むところだが……。

「いや、いらない。今夜はちゃんと寝るよ」

あまり不健康な顔で学校に行きたくない。そんな考えが頭をよぎった。

愛歌は立ち去らずに、とことこと近寄って机の上を覗き込んできた。

「全然進んでないじゃん」

けっこう進んでいるのだが……一日中出かけていたことが、不満だったのだろう。

愛歌が茶でも飲むかと気を利かせるときは、たいてい構って欲しいときだ。

仕方なく相手してやることにして振り向くと、蒼は呆気にとられた。

「……何だ、その格好」

そこに立っていたのは——幼い少女淫魔だった。

……まあ、コスプレをした愛歌なのだが。

『トライアングル×トラブル』——通称とらとら。

主人公の少年は愛の天使プリムと神聖なる契約を交わしたにもかかわらず、少女淫魔リリムに夜な夜な誘惑されてしまう……。

という感じの、まあ、よくあるちょっとエッチな少年漫画だ。

その淫魔リリムのコスプレを愛歌はしているのだが……あろうことか、本来あるはずのマントやスカートを取り外し、エナメル製の黒いビキニ姿となっていた。

際どい格好の愛歌は、するりと蒼と机の間に滑り込み、蒼の膝の上に座り込んできた。

「おっとっと」

バランスを崩して膝から滑り落ちそうになる。

とっさに蒼は愛歌を抱き留めた。

「うむ、しばらくそうやってギュッとしているように」

偉そうに命令してくる。

床に落としておけばよかった。

仕方なく愛歌を抱えてやる。下着同然の格好だから、どうあっても柔らかな肌の感触が手のひらや腕に伝わってくる。

風呂上がりのシャンプーの匂いが鼻をくすぐった。

今までしたことのなかったようなスキンシップだ。

愛歌はリリムみたいな眼差しで、こちらをじっと見つめてきた。

「最近お兄ちゃん、リリムのことを気にかけてくれないね……？」

リリムというキャラも、主人公のことをお兄ちゃんと呼ぶのだ。

「別にそんなつもりはないよ」

「嘘だよ……プリムのことばかり気にしてる」

栞のことが頭に浮かび、蒼はギクリとした。

——しかし愛歌が栞とのことを知っているはずがない。

だからそれは、リリムになりきっているだけの言葉のはずだ。

ただのコスプレ——虚構のやりとり。

「リリムは淫魔だもん。こういう甘え方をするのは自然なことでしょ?」

愛歌の人差し指が、そっと蒼の下唇を撫でた。

背筋がゾクッとした。

ちょっと待て、今のゾクッは何だ?　相手は愛歌だぞ?

「やめろよ」

愛歌の手を押しのけようとしたが、愛歌はやめなかった。

「別に問題ないでしょ?　お兄ちゃんにとって、私は弟みたいなもんなんだから」

——それはリリムではなく愛歌自身の言葉だ。

「やっぱり盗み聞きしてたのか」

弟みたいなもの——直也と称徳が部屋に来たときに口にしたセリフだ。

「昔はあんなに私にエッチな目を向けてたくせに。友達の前だとかっこつけちゃって」

愛歌が顔を迫らせて言う。

初めて出会ったとき、こんな美少女がこの世に存在するのかと思わされた。

「おまえにエッチな目なんて……」

「向けてたよ。私が着替えるときとか、お風呂上がりのときとか……盗み見てたじゃん」

——蒼は否定の言葉を呑み込んだ。

愛歌はくすりと微笑みをほころばせる。「今となっては、別にいいけどさ」

小五、小六……愛歌が女の子らしく成長してゆくにつれて、そういう意識を向けずにいられなかった時期は確かにあった。

薄着になったり、風呂上がりにうろつかれたりしたら……膨らみはじめる胸だとか、女性らしく変化していく肌を気にせずにはいられない。盗み見ずにいられなかった。

それは蒼にとって傷だ。あのときのことを思い出すと、蒼の胸に小さな棘が刺さる。

今の愛歌は笑っている。しかし……当時の愛歌の反応は異なるものだった。

……嫌悪、だった。

あのとき、蒼の視線に気づいた愛歌は、はっきりと眼差しに嫌悪の情を宿していた。

それが辛くて、蒼は二度と義妹にそういう目を向けまいと、心を強く戒めたのだ。

「もちろんそれでお兄ちゃんを嫌いになったわけじゃないけど……だから私は、お兄ちゃんが私を変に意識しないように努力してきたんだもん」

――愛歌も、異性の義兄に気を遣うようになった。

その時期から、彼女も隙のない振る舞いをするようになった。

抱きついて甘えてこなくなったし、薄着でうろつくようなこともしなくなった。

愛歌がそういう配慮をしてくれたおかげで、蒼も兄らしく己を律することができた。

二人の間に適度な距離感が生まれるようになった。

直也がいう、ラブコメにありがちなラッキースケベなど、到底あり得ないことだった。

そうして義兄妹は、性の目覚めという壁を乗り越えていったのだ――。

「だったらこれからもそれでいいじゃないか。何が気に食わないんだよ」

「私は弟じゃないもん。なんかすっごく腹立つ」

愛歌は「ぶー」と膨れっ面をする。蒼はため息をついた。

つまりこいつもこいつなりに我慢してきたことがあって、
なのに弟呼ばわりされて不満……ということか。

寂しがり屋の構ってちゃんだからな、こいつは。

「小中学生の頃の性への好奇心なんてノーカウントだ、ノーカン！」

そんな大昔の話を持ち出されても、困る。

「要するに、昔みたいに分別なく甘えたくなったってことだろ？」

「そ、そんなこと言ってないもん！」

「実際こうして膝の上に甘えてきてるじゃないか」

「甘えてるんじゃなくて誘惑してるのっ！」

確かにリリムのキャラを演じているときは、ドキッとさせられてしまった。

流石（さすが）うちの義妹はコスプレの天才だ。だが……、

愛歌は愛歌だ。義兄と義妹の関係を揺るがすわけにはいかない。

「別に昔みたいにじゃれてきても構わないよ。今の俺は、おまえに変な意識をもったり気持ち悪い目を向けたりしないから。おまえはちゃんと妹だ。それでいいだろ？」

「むー。……私のこと大好きなくせに、余裕面して」

「大好きだよ、家族としてな。ほら言いたいことはわかったから、今日はもう膝から降り

ろ。型紙の続きするから」

けっきょく要するに、環境が変わり、義兄が高校生になり、寂しいという話なのだろう。

「微妙にわかってない……」

愛歌は不承不承といった様子で蒼の膝から降り、距離をとった。

「ダークルナの衣装……愛を感じないような出来映えだったら怒るからなっ！」

びしっと指を向けて、大昔のツンデレキャラみたいな口調で言った。

それに関しては、なんの衒(てら)いもなく断言できる。

「大丈夫だよ、俺はマナマナのコスプレを愛してるから」

◇

初夏の気配が漂いはじめた五月半ば——ダークステラの衣装は完成した。

土曜日の放課後、蒼と栞は二人きりの裁縫室で向かい合った。

「カラコンって初めて買ったぜえ」

栞がバッグの中から次々と新品の化粧品を取りだし、机の上に並べていく。

「コスプレに必要なのは自分に似合うものじゃなくて、キャラに変われるものだからな」

普段彼女が買いそろえているものと、全く違うものが必要になる。

ダークステラの髪と瞳の色はブルーだ。そもそもが日本人の顔面をしていない。

「星乃さんも色白な方だけどダークステラはもっと白く……。それでいて青髪と組み合わせて映えるようなニュアンスの化粧をしたい」

「ブルべなら、ピンク系かね。他にどういったところに気をつければいい？」

「二次元キャラに似せるわけだから、目を少しでもデカく見せるように」

「アイラインを普段の化粧よりもはっきりとやる感じかな？」

――栞は自分の手で化粧をしたいと申し出た。

だから蒼の役割は、アドバイスだけだ。


一通りの助言を終えると、蒼は廊下に出て彼女の『完成』を待った。

えらく緊張した。愛歌の場合なら、最後の仕上げは必ず自分がやるのだ。待つだけの身というのは、なかなか落ち着かない。

それに――コスプレが完成したら、告白の返事をせねばならない。

「できたよーっ！」

蒼は思わずビクッとしつつ、裁縫室に戻った。

扉を開くと——姿見の鏡の前に、ダークステラの衣装を身につけた栞が立っていた。

ダークステラがいた、と言えるほど彼女は役を演じられていなかった。

そこにいたのはあくまで栞で。愛歌の演技力には、及ぶべくもない。

しかしその美しさは、何ものにも劣ることのない無二のものだった。

彼女は鏡の前で頰を紅潮させ、感動と興奮を露わに佇んでいた。まるで結婚式を控えたウェディングドレス姿の花嫁のようだ。

身につけているのはドレスではなくコスチューム。それはまるで吸い付くように彼女の身体のラインと一体化している。

同時に彼女のしなやかな長軀は、衣装を最大限に美しく引き立ててもいる。

カラコンによって輝く青い瞳。青髪のウィッグと華やかなメイクが施された美貌は、異世界の衣装と完璧にマッチし、この世ならざる圧倒的な存在感を放っていた。

栞は鏡の前で自身の姿に見惚れていた。

そんな彼女に、蒼も見惚れた。

「私……どうかな？」

「最高だよ」

栞は「はぁ……っ」と絞り出すようなため息をついた。

「私……あ、あおくんの作品になれたんだぁ……」

あおくん——小学校の頃、自分がそう呼ばれていたことを蒼は思い出した。

「あのときの返事をしたいんだけど……」

ようやく栞は鏡から目を離し、蒼に向き合った。

「俺と、つきあってください」

真っ正面で向き合いながら、栞の反応を待つ。

栞はなんだか本当に、花嫁衣装を身につけているかのようだった。

「へへへっ」と、彼女は照れ笑いをした。

「……よろしくお願いします」

――こっそり生きていくことに満足していたはずだった。
当たり前の高校生活とか、陽キャっぽい青春とかに、高望みなどしていなかった。
しかし忘れ去っていた思い出から、理想の女の子がひょいと飛び出してきて……、
月ヶ瀬蒼は人生ではじめて、彼女というものを作った。
月並みな人生劇場なら、ここでハッピーエンドの幕を下ろすべき瞬間だった。
だけど月ヶ瀬蒼の物語は……むしろここから始まることとなる。

五章　理想の恋人生活

「俺、サーフィンはじめようと思うんだ」

直也（なおや）が言った。

「ぷふっ」と、称徳（しょうとく）が噴き出した。蒼（そう）も笑いをこらえた。

始業前の教室、いつもの三人組での会話だ。

「直也……自分が今いる場所を忘れたか？　海なし県の埼玉だぜ」

「だからこそ、だろ？　埼玉県民（おれたち）の海への憧れは半端（はんぱ）なものじゃない。湘南（しょうなん）の風を感じさせる男は、それだけで埼玉女子からモテるぞ」

「なんてこった。なんて安易なシナリオだ、直也」

称徳がアメリカ人のように大袈裟（おおげさ）に肩をすくめた。

「そんなだから神奈川県からバカにされるんだよ。……ていうか、マジで考えてるの？」

蒼は直也をまじまじと見つめる。直也はさっと目を逸（そ）らした。

「……いやさ、俺って無趣味だから、今のままだと女子と話をするときに話題に困るなって思って」

「そんな機会、あるの？」称徳が残酷な問いを投げかける。

直也は百戦錬磨の兵(つわもの)のごとく胸を張って答えた。

「今のところないが……シミュレーションは大事だ！　俺は毎晩やっている」

「毎晩そんな妄想しとるんか」

「とんだ恋愛シミュレーションだね……」

だが……気持ちはわからないでもない。

蒼もコスプレや裁縫についてならいくらでも話ができる。

しかしそんな話をして喜ぶ相手なんて滅多にいない。

コスプレなんて、『損な趣味』といってもいいだろう。

――リア充になるためにサーフィン。いいことじゃないか。『得な趣味』だ。

青い空と海の狭間(はざま)で、日焼けした肉体と白い波とをコラボレーションさせる、そんな体験談に悪印象をもつ人間など滅多にいないに違いない。

「おっはよーっ！」

そのとき、ひときわ明るい声とともに、クラスで一番の美少女が教室にやってきた。

栞だ。今日も誰よりもオシャレな姿で教室中の視線を独り占めしながら入ってきて……、陽キャたちと会釈をかわしつつ、その視線が何かを探し求めるように泳ぎ……、蒼を見つけると、パッと笑顔を弾けさせた。そして……、

「おはよっ、あおくん！」


……蒼の恋人は、教室のど真ん中で、そう言ったのだった。

教室がざわっとした。あちゃー、と蒼は思った。

蒼のあちゃーな表情を見て、栞は「あっ」と自分の口を押さえた。

それから誤魔化すように直也と称徳に視線を向けた。

「小関くんって、もう私服登校はしないの？」

「え？　……あ、うん」

急に話しかけられた直也がキョドりまくった返事をする。こいつの毎夜のシミュレーションは、実戦ではまるで役に立たないことが実証された。

栞は蒼と話したそうにソワソワしていたが、「それじゃ、後でね！」と手を振って、イケてる女子グループの方へパタパタ駆け去っていった。

「ねえねえ、今の何だったの？」

迎える女子たちが、問いただす。

「月ヶ瀬（つきがせ）蒼、だからあおくん。かわいいでしょ！」

栞は開き直ったように堂々と応じた。

お気に入りのオモチャを見せびらかすような言い方だった。

「なにそれ、かわいいっ！」「でもなんで月ヶ瀬くんのことそんな気に入ってんの！」

「あんだけイケメンを棒に振っておいてウケるんだけど！」

イケてる女子たちは、語尾に草でも生やしそうな勢いで盛り上がる。

とはいえ、真剣に恋愛の気配を感じている者はいなそうだった。

「ごめんなさい……」

始業ベルが鳴って席につくと、栞はしょぼーんと肩を落とした。

「さっき思わず『あおくん』って挨拶しちゃったけど……月ヶ瀬くんってたぶん、教室で
あんまり目立ちたくないタイプだよね……」

「うん、まあ、あまり目立ちたくないかな」

出来れば付き合っていることは、誰にも知られたくないと思っている。

「でもまあ……星乃さんは、普通にしゃべるだけでも目立つからしょうがないよ」

「憎いぜ！　ただ呼吸してるだけでも注目を集めてしまう、この私のカリスマがッ！」

机に突っ伏して栞はそう呻いた。

――今日の栞のファッションは大きなボックスシルエットのジャケットに、ストンと落ちるようなワイドパンツ。この前の買い物のときと打って変わって、ユニセックスで非日常的な雰囲気だった。

こういうのが、モード系ファッションというのだろうか？　ちょっと遠く感じてしまう。

頰を染めた顔をこちらに向けて、ぼそっと呟いた。

「あおくんと、もっとイチャイチャしたいのに……」

心臓がドクッと跳ねる。か、かわいい。

彼女というのは、こんなにかわいい生き物だったのか……！

「ね、月ヶ瀬くんってお昼はお弁当だったよね？」

「え、ああ、うん。いつもの連中と食べてるけど」

「お昼一緒に食べれない？　裁縫室ならいいでしょ？　私もコンビニで買ってきたから」

それはカップルらしい提案だと、蒼は思った。

◇

「すまん、しばらく中等部で妹と昼メシを食うことになった」

昼休み、蒼は直也と称徳にそう伝えた。

「えっ……？」「中等部で妹とメシを……？」

やばいシスコンを見るような目をされたが、疑われはしなかった。

そして裁縫室に向かい、二人きりになる。彼女は寄り添うように、隣に座った。

「机の向かい側よりも、こうして隣に座る方が恋人って感じがしない？」

そんな些細な変化を喜んで、栞は笑いかけてくる。

「二人きりのときなら『あおくん』って呼んでもいいよね？」

ものすごく照れくさいが、ダメと断る理由はない。

栞は「へっへへーっ」と落ち着きなく身を揺すった。

「幸せだなーっ。夢って努力すれば叶うんだなーっ」

氷の女帝、星乃栞——その正体は、高校デビューの元引きこもり。

中学時代は太っていて、登校拒否をしていたという。

——今のこの姿は、まさしく努力の賜物だ。

「俺はなんだか、まだ実感が湧かないけどね」

忘れ去った過去から、最高の女の子がひょいと転がり込んできたという感じで……、
瓢箪からコマというか、棚からぼた餅というか、鶴の恩返しというか。

こんなのまるでお伽噺だ。すべてが都合の良い夢みたいに感じてならない。

「む、実感がないのはイチャイチャが足りてないからですぞ」

「イチャイチャか……恋人同士って、何をしたらいいんだろう？」

自分に彼女ができたら……なんて、直也と違って、想像もしたことがなかった。

「ふむ。それじゃあ今日は、それを二人で考えてみよーっ！」

考える？　……彼女と一緒にしたいことを？　蒼はたじろいだ。

栞は蒼の表情を観察するようにじっと見つめ……、

「にへへっ」と笑みをほころばせた。

何でも受け入れてもらえそうな、肯定力に満ちた笑顔だった。

キスだとか、さらにその先だとか……恋人同士ならいずれするはずのイチャイチャ。

そういう心の準備をしても、いいのだろうか……？

こっちから提案する勇気なんてないけれど……。

蒼は弁当包みを開き、栞はビニール袋からサンドイッチとサラダを取り出す。

そこで早くも「閃いた！」と、栞は叫んだ。

「『あーん』をしようぜ！」

それは、そこはかとなくバカっぽいが、カップルらしい提案だと蒼は思った。

「ね、そのお弁当って手作り？」

栞が蒼の弁当箱を覗き込んでたずねてくる。

弁当箱の半分は白飯で、もう半分は肉野菜炒め。他に何もない。

母親の手作りには見えまい。いかにも男の手抜きメシというビジュアルだ。

「いや、妹に作ってもらってる」

「ええっ⁉　あの『マナマナ』の手作り弁当⁉」

「星乃さんって、うちの愛歌のこと知ってたっけ？」

「うん。小学校の頃、通学路で一方的に見てただけだけど」

「一方的に？」

「小学校の頃の私、あおくんのストーカーみたいなもんだったからね！」

目の前のこの美少女が、小学校時代は自分のストーカー。

脳の処理が追いつかなくなるようなセリフである。

「だからマナマナの正体が愛歌ちゃんってひと目でわかったよ。アカウントを覗いたらあの魔法少女のコスプレ写真も公開されてたから、もう間違いないよね」

なるほど、バレバレで当然である。

「へえ～、あのマナマナが作った野菜炒めかぁ。じゅるり……」

「じゅるりって口に出して言う人、はじめて見た」

つまりこれは『あーんをしろ』という合図なのだろう。

蒼が肉野菜炒めを箸で取ると、栞は大きく口を開いた。

「はい、あーん」

「あ～んっ！」

栞はじっくりと味わうように咀嚼（そしゃく）する。飲み込んでから、目をくわっと開いた。

「美味（おい）しいっ！　これは中華風の味付け！　……すごく本格的！」

「あいつ肉野菜炒めばっかり作るけど、味付けだけはバリエーション豊富なんだ」

今回は豆板醤（トウバンジャン）と甜麺醤（テンメンジャン）を使った回鍋肉（ホイコーロー）風だ。ときには和風だったりコンソメ味だったりカレー味だったり、手抜き料理を多彩な味付けで誤魔化している。

「そしてこれが『あーん』。ふうむ、なかなか濃密なコミュニケーションですぞ」

栞はしたり顔で頷く。

「そうですかね？」

「あおくんにもサンドイッチをあげますぞ！　あーん！」

サンドイッチをすっと手づかみで差しだしてくる。

かぶりつき、一口いただいた。普通のサンドイッチの味である。

「どう？　美味しい？」

「彼女の手からいただくサンドイッチはひと味ちがうですぞ」

「そうでしょうとも！　ね、ピーマン食べたいな」

「ピーマン好きなの？」

「ピーマンじゃなくても何でもいいから、もう一回やりたい」

蒼はピーマンと肉とをまとめて箸で取り、彼女の口にあーんしてやる。

すると栞もサンドイッチを差し出し、しばらく交互にそれが続いた。

「えへへっ」と栞が笑みをほころばせる。

「なるほど、これがあおくんちの味……私が超えるべき壁なんだね。……めらっ」

「めらって口に出して言う人、はじめて見た」

「ね、あおくん！　明日から私がお弁当作ってきたら食べてくれる？」

「星乃さんって料理作れるの？」

「作れぬ！　しかし未来の旦那の実家メシの味は必ず乗り越えねばならない壁！　あおくんの理想のお嫁さんになるために……！」

「き、気が早すぎじゃない？」

「私は計画性と努力で夢をつかみ取った女！　何事も気が早いなんてことはないぜっ！　今日から打倒マナマナに向かって努力する！　うおりゃあーっ！」

熱血少女の一面を覗かせて、栞は握りこぶしを振り上げた。

「それは悪いよ。お金も手間もかかるんだし」

「……迷惑かな？　ちゃんと食べれるものは作れると思うんだけど……」

ちょっと冷静になって、栞は不安げな顔をする。

「迷惑じゃないよ。嬉しいけど……でも、いきなりそこまでしてもらうなんて」

「あおくんって、私のことまだ信じてくれてない気がする……」

栞はそう言ってサンドイッチを机に置き、身を乗り出した。

「私はあおくんのこと……本当に大好きだから！」

顔を間近に寄せて、強い声色で主張する。

「あおくんに喜んでもらえるためなら、お金はともかく手間なんて惜しまないし、カップルらしいことは何だってしたいんだもん！」

その表情には、ひと欠片の嘘偽りも感じない。

——彼女はこんなにも、俺なんかのことを想ってくれているのだ。

「……あっ！　でも重たいって思ったらちゃんと言ってね！　それが一番不安！　重いのは昔の体重だけで十分だぜ〜っ！」

「重いというより怖い。……理想の彼女すぎて」

慕われているという実感が、蒼の胸にじんわりと広がっていく。

これこそが、彼氏としての実感なのかもしれない。

「あおくんも理想の彼氏だから、釣り合ってるのですぞ」

「そんなわけないと思うんだけどな……」

あと、そのドン・ガバチョみたいな語尾はなんなの？

「そういうのがダメ！　もっと根拠のない自信をもたないとバカップルにはなれない！もっと自己肯定感を高めて、恋のバイブスに身を任せていこ！」

根拠のない自信などこの世で一番嫌いなものだ。バカップルは例外なく爆発しろと思いながら、これまでの人生を生きてきた。蒼はそういう『陰キャ』なのだ。

「なかなか困難なノリを要求されているな……」

陰キャが頭を空っぽにしてバカップルになる。

それは、これまでの人生の全否定に近いもののように思えた。

「……私が百万回『好き』って言ったら、あおくんも自分に自信をもってくれるかな？」

思わず恥ずかしくなって目を逸らしてしまう。栞は「てへっ」と笑った。

「そこで目を逸らしちゃダメだよ～。言ってる私の方が恥ずかしいんだから！」

理想の彼女、星乃栞と堂々とイチャつけるような男。

こんな俺でも……理想の彼女のためなら変われる日が来るだろうか？


放課後も、蒼と栞は二人きりの裁縫室で話をした。

「こないだの『ルナ&ステラ』……メッチャ熱かったよね！」

話題はだいたいオタクなアニメや漫画やゲームである。

「……教室のすみっこであおくんたちがニチャニチャしながらオタクトークしてるの、すごく羨ましかったんだよなあ～。私もメッチャ加わりたかった」

「ニチャニチャなんてしてないでござるよ」

「今のあおくんの笑顔、めっちゃニチャッてしてるでござるよ！　フヒヒ！」

オタク同士で共通の話題が多く、栞のノリも良いから、会話に困るということがない。

さらに……共通の話題はオタクトークだけではない。

「ね、あの新キャラの格好って、コスプレするとしたらどんな感じで作る？」

彼女はモデル。蒼はコスプレ好き。

コスプレとファッション――そこにも『布』という共通点が存在していた。

「透け感の強いヌルテカ光沢のレオタードか……。『大人のオモチャ』って名目で売られてるコスプレ衣装に似た素材感のがあるから、それを加工する感じかな」

「大人のオモチャ！　そっか、そういうコスプレもあるのか」

普通なら女の子相手に口に出すべき話ではないが、栞はむしろ目を輝かせた。

「ああいうのエッチだよねぇ……。フェチズムを感じる」

栞はソムリエのような例の目つきで、うっとりと語り出す。

「テカテカした光沢感が身体（からだ）の立体感を際立（きわだ）たせ、柔らかい肉を内に押し込んだようなピチピチ感がエロスの爆発力を生みだす……。神が生み出した女体美を人の手で最大化させようという創意工夫……これは一種の芸術表現といってもいいのでは？」

蒼はちょっと引いた。

「星乃さんっておっさんが美少女に転生した姿とかだったりしない？」

「失敬な⁉」

女芸人ばりに何でも受け入れそうだったが、おっさん呼ばわりは心外らしかった。

「……おっさんかー。でも確かにあおくんと出会ってなかったら、私、男よりも女が好きになってたかも。マナマナとか大好きだしっ‼」

栞はスマホでブラウザを開き、「ほらほら」と、マナマナのアカウントを開いた。

「私の一番の推しはこれ！　……あっ、でもこれも捨てがたい！　どれも尊いっ‼」

マナマナのコスプレ写真を面と向かって褒められるのは、ちょっと照れくさい。

だけど嬉しくて、頬の筋肉が勝手に緩んでしまう。

クリエイターにとって自分の作品は我が子のようなものというが、蒼の場合はさらに可愛い義妹でもあるのだ。

子供と妹を同時に褒められるのだから、まるで盆と正月が同時に来るようなものだ。

「あおくんの衣装もすごいけど、マナマナもすごいよね……」

「あいつも美容とかいろいろ頑張ってるからな」

「ううん、そんなのは当然のことで……私もモデルの端くれだからわかるつもりだけど、マナマナはファインダー越しに輝く術を知っている。まるでファインダー越しの誰かを、魅了しようとしているかのように」

……蒼はファインダー越しの愛歌が不意に見せる、異様な色気を思い出した。

それは技術なのか、天性なのか。

「服を輝かせる脇役に徹するモデルとは違う。自分だけが輝けばいいというグラビアモデルとも違う。これがトップ・コスプレイヤーなんだ……って思うよね」

そこで真剣な顔をどろどろに崩して「はぁ〜、マナマナ尊い♡　しゅき♡」と呟いた。

──そんな彼女を、蒼はかけがえのないものだと思う。

オタク話が通じて、コスプレ話でも盛り上がることができる彼女。

……これを理想の恋人と呼ばずして、なんと言おう。

恋人というものを作ったら、コスプレという趣味を隠し通すわけにはいかないだろう。

だから蒼は、自分が恋人を作るなんて考えたことがなかった。

そんな可能性を、自分から閉ざしていた。絶対にあり得ないと。

栞はありのままの自分のすべてを、前のめり気味に肯定してくれる。

この出会いは、どれほどの奇跡だったのだろう……。

やりたくもないサーフィンなど、やる必要ないのだ。

この子を大事にしなければならない。蒼はそう心に決めたのだった。

「今日はお仕事が入っちゃってて……一緒に帰りたかったんだけど」

栞はそう言って、校門で蒼に別れを告げた。

「ここ最近、仕事溜めこんじゃってたんだ。だから……」

「しょうがないよ」

外はもう陽が暮れていた。栞は何度もこちらを振り返りながら、駅へと去って行く。

寂しさと解放感が、同時に押し寄せてきた。

恋人初日――楽しかったけど、緊張もしていた。

栞と一緒の時間が嫌だったわけではない。まだ慣れていないのだ。

今の自分にとってこういう一日は、まだ日常じゃない……それだけのことだ。

変化、か……。

変わらなければならない、そういう義務感を突きつけられている感じがする。

◇

蒼は自転車にまたがり、帰路についた。

夢のような一日だったと、星乃栞は思った。

駅へと自転車を漕ぎながら、今も余韻で熱に浮かされている。

だけどひとつだけ、心に引っかかったことがある。

別れの瞬間に、彼の表情がわずかに弛緩したことだ。

あおくんは別れに安堵を感じていた。

私は……緊張を強いる存在なのだ。

「まだ一人前の彼女じゃないんだなあ……私」

当たり前だ。付き合い始めたばかりなのだから。

こんな些細なことを、気にする方が馬鹿げている。

重い女になりたくない。……そういう自覚と自制心は持ち合わせている。

――マナマナの話をはじめると、彼の表情は和らいだ。

あのときの表情が理想だ。

「あおくんにとっての愛歌さんみたいに……あおくんに安らぎを与えられるカノジョになるぞ！　おーっ！」

ラブコメみたいに彼氏彼女になることがゴールではないのだ。

自分の場合はむしろ、ここからが険しい。

……少しずつ努力はしている。……今日は、お互いに『あーん』をした。
紙一重の距離感、にもかかわらず恐怖の予感は首をもたげなかった。
相手は大好きなあおくんだから。
だから大丈夫。そう強く念じればこそ得られた、ささやかな成果。
「大好きな人となら、きっと大丈夫だよね……」
自分に言い聞かせるようにつぶやきながら、栞は駅へと自転車を漕ぐ。
――私はきっと、あおくん以外の男性とはけっして幸せになれない。

◇

「おかえりなさい、ご主人様……っ！」
蒼が家に帰ると、モノトーンの影が胸に飛び込んできた。
『このメイドは俺が育てた』のメインヒロイン、御手洗メイだ。
もちろん、コスプレをした愛歌である。
蒼はドキドキしながら、その華奢な背中を抱き返した。
その正体が愛歌なのはわかっているのに……メイというキャラが好きすぎて、蒼の心臓はドキドキと弾んでしまう。

「いきなりどうしたんだ、メイ……？」

「……だってご主人様、最近いつもお帰りが遅いから寂しくて……」

愛歌ではなく、メイそのものの声色で返事がくる。

御手洗メイたんは完璧で献身的なロリメイドだが、寂しくなると際限なく甘えん坊になってしまう子なのだ。かわいい。あまりにもツボである。

「寂しい思いをさせてごめんな、メイ……！」

蒼はついご主人様になりきって、寂しがるメイをかき抱いた。

蒼の腕の中で、「にへへ……」と笑い声が漏れた。

それはメイではなく、完全に愛歌の素の笑い方だった。

──それで蒼は我に返った。

「……いきなりどうしたんだ、愛歌」

言っていることは変わらないが、一オクターブほど低い声で蒼は言った。

「だって甘えてもいいって、言ったじゃん」

確かに言った。この前の夜のことだ。

「私がこうしたって、平気でしょ？」

やけに挑発的な物言いだった。

こいつ、弟あつかいされたことにまだへそを曲げているのか……？

「もちろん。おまえがくっついてきたって、俺は今さら何とも思わないからな」

「本当かな～？　ちょっと胸がドキドキしてない？」

愛歌は蒼の胸のあたりをすりすりしてくる。心臓は今もゴム鞠のように弾んでいる。

「それはおまえがメイたんの格好をしてたからだよ！」

蒼が振りほどこうとするが、愛歌はぎゅーっと離れない。

やれやれ……。仕方なく蒼はされるがままになった。

愛歌が寂しそうにしているのを感じていながら、あまり構ってやれずにいたのも事実だ。

忙しい要因になっていたダークステラのコスチュームはもう完成した。

たまにはかわいい義妹のために時間を割いてやっても、いいだろう。


「オラオラオラ～っ☆」

愛歌はアニメ声をあげながら、コントローラを激しく操作した。

彼女の操作するキャラが、二人の対戦相手をまとめて地面に叩き落とす。

『ぎゃあああああっ！』『ぐえーっ。死んだンゴ』

スマホのボイスチャットを通じて、直也と称徳の悲鳴が聞こえてきた。

蒼と愛歌、そしてこの場にはいない直也と称徳の四人での、オンライン対戦ゲーム。

このゲーム——『コスモリリカル☆フェスタ』はルナ＆ステラシリーズに登場するキャラクターが総出演するお祭り的な３Ｄ対戦ゲームだ。

二対二のタッグバトルで、最大四人まで遊ぶことができる。スマホでボイスチャットを繋げれば、まるでみんなでその場に集まっているかのような臨場感が得られる。

「これで三連勝！　ふふ、直也さんと称徳さん手加減なんてしなくていいんですよ～」

余所行きの声で愛歌が笑う。

「手加減なんてしてねえよお～」と、直也の泣きが入った。

「二人とも、息がぴったりだねえ。流石兄妹……」と、称徳が感心した。

愛歌はルナを操作し、蒼はエーデルバルド長官を操作していた。

ぬるずぼをプレイしたせいで、エーデルバルドにちょっと愛着が湧いてしまったのだ。

原作通り肉弾戦が得意なルナを、エーデルバルドが遠距離からの狙撃でサポートする戦術で、二人は連勝を飾っていた。

先程の試合のスコアが表示され、活躍に応じた称号がプレイヤーに与えられていく。

蒼――〈家ニスタ〉愛歌――〈戦闘民族〉＆〈ＭＶＰ〉
直也――〈生ゴミ〉称徳――〈不可解なオブジェ〉

〈家ニスタ〉は、初期位置からほとんど移動せず、的確な射撃攻撃だけで活躍すると与えられる称号だった。

〈戦闘民族〉は被弾率が高いものの相手をもっとも殺しまくったバーサーカープレイをすると与えられる称号である。

〈不可解なオブジェ〉は、戦闘への関与が少なく、ただ存在していただけだったプレイヤーに与えられる。

〈生ゴミ〉とは、いない方がマシというぐらい殴られて死亡を繰り返したプレイヤーへの直球の悪口である。


「イエーイ、また私がＭＶＰ！　三連続ＭＶＰ！」


――こうして調子に乗っている愛歌だが、直也や称徳とコンビを組むと打って変わってクソザコと化し、彼女の方が〈生ゴミ〉にされてしまうのだった。

闇雲に敵に突っ込んでいくので、彼女の性格をよく知る蒼が徹底的にサポートしてやらねばいけないのである。

「俺のサポートのおかげなのに、ＭＶＰを取るのはおまえなの理不尽だよなぁ」

愛歌が隙だらけとなって助けを要する瞬間も、愛歌が相手を叩き伏せて追撃のチャンスを生み出す瞬間も、蒼には不思議とわかるのだった。

「お兄ちゃんは後ろに引っ込んでるだけで、私のおかげで勝ててるんじゃん。ほれほれ、ＭＶＰである私を褒め褒めしたまえ。撫で撫でするのを許すぞよ」

蒼の隣に座る愛歌が、頭をこちらに向けて揺らしてくる。

仕方なく、蒼はその頭を撫でてやった。

「今、お兄ちゃんに頭を撫で撫でしてもらってま～す♪」

愛歌がスマホに向かってアニメ声で言った。

直也と称徳が『『うおおおおおおおおっ！』』と沸き立った。

『エッロ！　お兄ちゃんに撫で撫でされる仲良し兄妹エッロ！』

『蒼の筋張った男の手が、女子中学生の小さな頭を撫で回すなんて……スケベすぎる』

「いやエロい要素ゼロだけど……」

「やだ……お兄ちゃん、そんなに優しく撫でられたら気持ちいいよお……」

愛歌がわざとらしく甘い声をあげる。

直也と称徳がいっそう興奮した声をあげた。

『いいぞ蒼！　もっと愛歌ちゃんを可愛がれ！』『もっとやれー、エロ声聞かせろー』

「あ、ダメお兄ちゃん……ほっぺにチュウなんて……やりすぎだよおっ」

『おいやめろ蒼、調子に乗るな‼』『もしもしポリスメン？　性犯罪者がいます』

「何もやってねえよ‼」

こいつ、将来オタサーの姫みたいにならないだろうな……。

しかし直也と称徳も、大袈裟なリアクションで愛歌を楽しませようとしてくれている。

そういう気遣いを感じて、蒼は友人二人に感謝をした。

愛歌とたっぷりと遊び、夕食も終えると、蒼は作業机に向き合った。

ダークルナのコスチューム作りも順調に進んでいた。

コス・フリーに問題なく間に合わせられるだろう。

「お兄ちゃん、お風呂あいたよー」

愛歌がノックもせずにドアを開け、呼びかけてきた。

椅子を引きながら振り向いて、蒼はぎょっとした。

「……何だ、その格好は⁉」

コスプレだったらもう驚きはしない。

今度の愛歌は湯上がりの身体にバスタオルを巻いただけの姿だったのだ。

「ふっふっふ〜ん♪」

愛歌はスキップしながら側に寄ってくる。

「別に問題ないでしょ？　お兄ちゃんはもう二度と私にエッチな目なんて向けないって言ってたもんね。……ほら、たとえこのタオルが、はだけちゃったとしても」

「うわっ、やめろバカっ‼」

愛歌は自分の手で、タオルをはらりとほどいてしまった。

ぱさり……とタオルが足下に落ちる。

蒼は恐る恐る愛歌の身体に視線を這わせて――「……はぁ」とため息をついた。

愛歌は……ストラップレスのブラと何故か男物のトランクスを身につけていた。

古典的な悪戯だ。

「……何で俺のトランクスを穿いてる……？」

「トランクス、健康にいいから流行ってるんだって。今夜から使わせてよ」

そんなこと聞くために、こんな悪戯をしたのか。

蒼はアホらしくなって言った。「好きにしろよ」

いやでもちょっと待てよ。俺のパンツをこいつが穿くのは好きにすればいいが……、こいつが穿いたパンツを、俺も穿くことになるのか……？

それはちょっと……どうなんだ？

妙なことを考えていると、愛歌がぴょいっと蒼の膝の上に飛び乗った。

咄嗟（とっさ）に、滑り落ちないように愛歌を抱き支えてやる。

愛歌は「へへへ」と笑いながら、蒼に寄りかかってきた。

「下着つけてて、がっかりした？」

上目遣いに蒼を覗（のぞ）き込んでくる。

「してるわけないだろ」

「でも目線が私の身体を追いかけてたもん」

くすくすと笑って言う。

「それで下着つけてるってわかったら、お預けされた犬みたいな情けない顔してた」

「そんな顔、するわけないだろ……」

「してたもん。素直に認めたら、ほっぺにチュウぐらいならしてあげてもいいよ」

「いらんわそんなもん」

キスの実績解除ぐらい、遠くないうちに成し遂げられるはずだ。

……俺に彼女ができたと知ったら、こいつは寂しがるだろうか。

きっと寂しがるに違いない。

幼くして両親を失い、すべてに見放された孤独を抱えて我が家にやってきた、愛歌。

こいつには俺しかいないという感じがする。

「風呂が空いたんだろ。膝の上で落ち着いてないで、どけよ」

「お兄ちゃんが私と絡みたそうな顔してたから。ちょっと相手をしてあげようと」

「おまえの方だろ。顔に『かまってちゃん』ってでっかく書いてあるのは」

彼女ができたこと、こいつには隠しておいた方がいいな。蒼はそう考えた。

少なくとも、こいつが子供の頃の孤独を引きずっている間は……。

「そういえば、伝え忘れてたけど、明日から弁当作らなくていいぞ」

「どうして？　お弁当じゃないとお金が余分にかかるじゃん」

蒼は一瞬、言葉に詰まった。

「友達がコンビニでバイトをはじめて、廃棄品を分けてくれるっていうんだよ」

あんまり上手い嘘ではないな……。

しかし本来なら節約してコスプレに使うはずのお金を、浪費すると思われたくない。

そういうマナマナへの裏切り行為をするわけではないのだ。

「毎日もらえるとは限らないんじゃないの？」

「そういうときだけ学食でパンでも買うよ」

「ふーん……」――愛歌は疑わしげに眉を寄せた。

「お兄ちゃんの言葉を疑う愛歌じゃないけど、そんな上手い話ってありゅ？」

そのとき、蒼のスマホが着信音を鳴らした。

手に取って確認すると、栞からの着信だった。

蒼は愛歌を膝からおろし、しっしっと追い払う仕草をする。

「直也さん？」

「ああ、直也からのお休みのコールだよ」

やけくそ気味にそう答えると、愛歌は「マジか～」と笑いながら部屋を出た。

すっかりそういうことになってしまった。

バタン、と扉が閉まるのを確認してから、通話のボタンをタップする。

「もしもし」

蒼は小声で出た――愛歌が盗み聞きしているかもしれないと考えたのだった。

『別に用事はないけど声が聞きたくて……大丈夫だったかな』

「大丈夫だよ」

本当に用事など何もなかったらしく、『ええと』と、話題を探すような声がしてくる。

咄嗟に頭に浮かんだ話題を、蒼はそのまま口に出した。

「そういえばさ、女子の間で男物のトランクスを穿くのが流行ってるって本当？」

『えっ、トランクス……!? まあ、聞いたことあるよ。締め付けがなくて血行にいいんだって。同棲カップルでシェアして穿いたりするとか……』

愛歌が勝手に俺のパンツを穿くのだと話すと、栞は『マナマナかわいいっ！』と笑った。

◇

「実は愛歌とじゃなくて、氷の女帝と昼飯を食べている」

翌日、蒼は直也と称徳にそう打ち明けた。

この二人にはある程度の話を伝えないと、嘘がバレそうだと感じたためだ。

「な、なにぃいいいいいいいいいいいいっ!?」と、直也が悲鳴をあげた。

称徳の方は、死にかけの魚のような顔で唇をパクパクさせている。

「どういうことだよ、それ」

「どういうことも何も……前に言ったとおり、変に気に入られてな」

「気に入られたって……毎日二人で昼飯なんて、もう付き合ってるようなもんじゃん」

「そういうわけではないんだよ。釣り合ってないって、おまえらもわかるだろ？」

——恋人付き合いをしていることまでは打ち明けなかった。

釣り合っていないということは、自分自身が一番わかっている……。

「あと……愛歌の中で、俺と直也が毎晩おやすみのコールしあってることになってる」

「はあっ⁉」

「そういうことに……しておいてくれ！」

「なんだそれっ⁉」


そうアリバイ工作をしておいてから、蒼は裁縫室に向かった。

栞は約束通りお弁当を作ってきてくれていた。

弁当箱を開くと、愛歌の弁当では見られないような彩りが目に飛び込んでくる。

真っ先に目に飛び込んできたのは唐揚げ＆ハンバーグという二大主人公。

「男子ってこういうの好きでしょ？」と、栞が問いかけてくる。

「しゅき……」蒼は正直に答えた。

さらには卵焼き、ほうれん草のおひたし、きんぴら、ポテトサラダ、サツマイモのレモン煮……。圧倒的な品数だった。愛歌の弁当とは、えらい違いである。

それでも毎日の食事を用意してくれている愛歌には、圧倒的感謝をしているが……、
ずっしりとしたこのお弁当が、何か恐ろしいもののように思えた。

かかっている手間が絶対にやべえ。

「実は……お母さんに手伝ってもらっちゃった。好きな人にお弁当を作りたいって相談したら、お母さん張り切っちゃって……」

母親に紹介された……という事実に、蒼はひんやりとした緊張を感じた。

「今度おうちに連れてきなさいって言われちゃった」

「展開早すぎない⁉」

「子供が出来たらどんな名前にしようって話しながら作ったの。お母さんのセンスが古すぎて困っちゃった……。お父さんが蒼なら、子供には海って漢字を使いたいから、『海児（カイジ）』だって。ふふふっ」

「付き合い始めて二日目で親とそんな会話する⁉」

「ギャンブラーっぽくてちょっと嫌だよね、星乃海児」

「婿入りってもう確定してるの⁉」

栞は蒼の戸惑いを今さら察して、しゅんとした。

「ご、ごめん……あおくん困っちゃうよね」

「そりゃ困るよ……何に困ってるのか自分でもよくわからないけど……」

　蒼は受け取った弁当箱が傷ひとつ無い新品であることにも気がついていた。

　買ったのか……。わざわざ……新品の弁当箱を……。

「はい、あおくん『あーん』だよ！」

「美味い。冷めてるのに、唐揚げが全然ぱさぱさしてない」

　愛歌が唐揚げに凝っていた時期があった。

　ネットで徹底的にレシピを集め、二度揚げだとか、揚げ時間だとか、油の切り方だとか、やたらと試行錯誤していたのだが……。

　そんな愛歌が作る唐揚げと比べても、栞の唐揚げはジューシーで美味しかった。

「よかった！　うちの母さん調理道具オタクだから、低温調理器を使って作るの」

　まず調味液に漬け込んだ肉を低温調理し、中心部まで最低限の熱を通しておく。

　それから衣をまぶし、表面だけを最低限の揚げ時間でサックリ揚げる……。

「そうすると、科学的にもっともジューシーな唐揚げに仕上がるんだって」

「うちの愛歌が聞いたら『そんなの唐揚げじゃないもん！　魂がこもってないもん！』とか言って泣きそうだな……」

栞はおかずの一つ一つをどう作ったのか、説明しながら食べさせてくれる。

いずれも愛歌の料理とは異なる、余所の家庭の味だった。

美味しいと思うたびに、なぜか愛歌に申し訳ない気持ちになった。

「あーん！　これはどう？　美味しいかな？」「うん、美味しいよ」

そんなやりとりをしつつも……、
おまえのメシもちゃんと美味いからな、と脳内愛歌に語りかけてしまう。

「……ていうか、流石に全部『あーん』で食べるのは、まどろっこしくない？」

「えーっ!?」

てっきりやめどきを見失っていたのかと思っていたが、栞は素でショックな顔をした。

その日も裁縫室で時間を潰してから、ひと目を避けるようにして外に出た。

「今日はお仕事ないから一緒に帰れるんだ！」

栞が弾んだ声で言った。

その笑顔には、いつも裏表がない。

――どうして俺は、こんなにも恋人に愛情表現を示してもらえているのに、堂々と彼氏らしく振る舞えないのだろう。

本当は、栞はひと目をはばからずイチャつきたいと考えているに違いない。

恋人同士であることを隠しているのは、蒼の都合だ。

目立ちたくない。誰かに知られたくない。不釣り合いだと馬鹿にされたくないし、妬まれたくない。陰口を叩かれたくない。嫌がらせを受けたくない。

――学校生活に支障を来すような想像が、次々に頭に浮かび上がる。

自分はカースト底辺の陰キャで、彼女はカーストトップの女帝なのだから……。

彼女が脱オタの元引きこもりと知っても、教室での『女帝の振る舞い』を見ていると、蒼は改めてそう気後れしてしまう。

――私はあおくんのこと……本当に大好きだから！

――私が百万回『好き』って言ったら、あおくんも自分に自信をもってくれるかな？

ここまで言ってくれているにもかかわらず、信じ切れていないのだ。

恋人同士という実感もないし……いつかプッツリと切れてしまいそうな気がする。

「あおくん……どうかした？」

栞が不審げに蒼の表情を覗き込んだ。

「ごめん、何でもないよ」

どうかしている、と蒼は思った。

不意に、雷に打たれたように蒼はひとつの事実に気がついた。

──俺は彼女の身体に触れたことがない。


それはひどく不自然なことに思えた。

キスをしたい、おっぱいを触りたいとかというレベルのことではないのだ。

たとえばこうして肩を並べて下校しているときに、手を繋(つな)ぐだとか……。

それはとても自然なことのはずだ。

お互いの体温を伝え合うスキンシップ。そういった行為を重ねることで、人はお互いの好意や愛情を実感できるものなのではないか。

自分と愛歌だったら、当たり前のようにしていることだ。

それによって、自分が相手にとって必要不可欠な存在だと常に感じている……。

こんなことすらしたことがないから、自分は恋人としての自信を持てていないのではないか。

栞が嫌がるとは思えない。

むしろこちらから歩み寄ってくるのを、待っているのではないか……。

蒼はそっと手を伸ばし、栞の手を握った。

すると、まるで電撃を受けたかのように、栞の肩が震えた。

熱湯に触れたかのような勢いで、栞の手が跳ね上がり、蒼の手を振り払った。

氷の海に沈んでいくかのように、栞の顔面からさーっと血の気が引いた。

──その表情ははっきりと『嫌悪感』を示していた。

蒼は何故か、かつて愛歌に似たような表情を向けられたことを思い出した。

ガシャン、と音を立てて栞が押していた自転車が横倒れになった。

「ご、ごめん……」

夢から覚めたような絶望感が胸に広がってゆく。

「そんなに嫌がられるとは、思ってなかったから……」

「……違う！　今のは違うの……‼」

栞がそう叫ぶ。栞の両目からボロボロと涙が溢れ、顔を濡らしていた。

「私……『男性恐怖症』なの……。だから……」

◇

男性恐怖症。

——物語の中でしか聞いたことのないような言葉が、真っ白な頭の中に染み渡った。

理解した、納得したというより、とりあえずそういうことなのか、という状態。

栞は手を激しく震わせていて、自転車を持ち上げようとしても上手くできず、そのまましゃがみこんでしまった。

「私……登校拒否してたって言ったよね。そのとき、イジメられてたんだ……」

イジメ。それは予想はしていたが……想像はできなかったことだった。

それを受けたことのない人間に、想像できるはずもない。

「そんなにひどいことをされたの？」

頭の中を真っ白にさせたまま、蒼は問いかけをもらした。

「『こいつデブだからおっぱいはデカいんだぜ』って……」

蒼の心は軋んだ。栞は淡々と言葉を続けた。

告白の日の打ち明け話の、語られなかった裏側──。

「私、デブオタのブスのくせに、空気を読めないでしゃべる性格だったから……。だんだん疎まれていって、クラスの女王に目をつけられて、取り巻きの男子たちをけしかけられたりしてた……」

その当時、その中学校の女王は、星乃栞ではなかったのだ。当然のことだが。

「放課後に呼び出されて、クラスの男子全員に囲まれたの」

思い出の核心に近づいて、栞の声が再び震えた。

「……いつもイジメてる男子だけじゃなくて、他の普通の男子もいた。それでブラウスを脱げって言われて……みんなで私の上半身の、三段腹を見て笑うの。そして『おっぱいだけはすげえ』、『おっぱいだけはすげえ』って馬鹿にして……笑うの」

「……」

「見世物にされただけだよ！　それだけ……。だって、私のこと女として見てるやつなんていなかったもん。長い時間をかけて、大勢でよってたかって、ブタにもおっぱいがあるって面白がられてただけ。だから私、汚されてすらいない……」

尊厳という言葉が蒼の頭に浮かんだ。

彼女は人間の尊厳というものを、そのとき破壊されたのだ。

「私、それでもう学校行けなくなっちゃった……。殴られたり、汚されたり、もっとひどい暴力をされたわけじゃないのに……」

言葉に怒りとも悲しみともつかない感情が滲み出た。

「お父さんは、その程度のことで登校拒否するなって言った。カウンセリングも受けさせてもらえなかった……」

蒼は形容しがたい嫌悪感が胸に渦巻くのを感じた。

助けを求めた父親に、一方的に心の傷を『軽いものあつかい』されたのだ。

いじめっ子たちだって、『大したことなどしていない』つもりだったかもしれない。

当人の心を差し置いて。彼女の怒りと悲しみは、暴力というものの本質はそんなところにはないと訴えていた……。

「私を進学校に通わせるために、お父さんがどれだけ仕事で苦労してたか、理解してた。でもその日からお父さんが許せなくなって、お母さんだけが私の味方をしてくれて……」

そして彼女の苗字は変わってしまった、わけか。

一番辛い話の山場を越えたかのように、彼女は大きく息をついた。

「……地元に戻ってやり直そうってお母さんに言われたとき、頭に浮かんだのがあおくんがコンテストに出品した魔法少女の衣装だったんだ。私、変わりたかった。思ったことを空気を読まずすぐにぺらぺら口にしちゃうのは性格だと思ったから。こんな性格でも許されるような女の子に、変わりたかった……」

蒼は彼女が持ち前の意志の強さや精神力で、たやすく変身を成し遂げたかのようなイメージをもっていた。だけどその原動力は、傷だったのだ。

そしてその変身は、不完全だった。

「でも私はけっきょく、すべてを克服はできなかった。男の人が近づくとぞくっとして、顔が強ばっちゃうの。氷の女帝だなんて……笑っちゃうよね」

栞は空虚な笑みを浮かべた。

「男の人に触られると、頭の中が真っ白になっちゃう。それで感情だけが、頭にぶわって溢れてくる。イジメを受けていた瞬間の恐怖や怒りが、ない交ぜになって蘇るの……脳の自動再生──〈フラッシュバック〉っていうんだって」

「脳の自動再生……？」

「状況がトリガーになって、怖くて悔しいだけのトラウマを勝手に思い出しちゃうの。私、男のすべてを怖がる必要なんてないってわかってる！　でも男子が近づくと、脳が勝手に怖がって、過去の記憶を思い出して対処しようとするの！　そんなの思い出しても、さっきみたいに頭がフリーズして身体がガタガタ震えるだけなのに……！」

思い出すという行為は、必ずしも自分の意思で行うものではない。

反射的に何かを思い出す。それは意思によらない。自動再生とはそういうことだろう。

それで状況に素早く対処できるなら正解なのだが、記憶と恐怖が強固に結びついていて真っ白に硬直してしまうのでは、ただの不具合だ。

彼女は男性に触られると、反射的に恐怖体験を頭に蘇らせてしまう。

それが心の傷という病理の構造なのだ。

――そんなもの、どのように克服しろというのだろう。

「私、勝手に信じてたの……。あおくんなら平気だって。だって小学校の頃、デブだった私に分け隔てなく接してくれた人だもん……。だからあおくんに打ち明けないまま、ちょっとずつ克服できないかなと思って……」

蒼は彼女が『あーん』に執拗にこだわっていたことを思い出した。

箸一本を隔てたスキンシップ。

彼女とのコミュニケーションは、常に触れるか触れないかのぎりぎりだった。

「ごめん……いきなり手を握ろうとして」

「あおくんは悪くないよ。だって私が不良品なんだもん……」

完璧な姿をした理想の恋人は、ボロボロと泣きじゃくった。

——だけど俺は、『あおくんなら大丈夫』なんて思ってもらえるような人間じゃない。

だって本当に些細な偶然で、かつての彼女を優しくしただけなのだ。

彼女が俺に抱いている期待は、俺自身の実像を遥かに超えている。


……それは、本当に恋と呼べる感情なのだろうか？


だけど……。それでも……今、暗く冷たい淵の底で泣いている彼女に手を差し伸べることができるのは——自分の他に絶対にいない。

「星乃さんは不良品なんかじゃないよ」

「不良品だよ……故障して壊れたまんま、変わりたいのに変われないんだもん……」

この壊れかけの美少女は、俺に過大な幻想を抱いて、それを恋だと信じながら、助けを求めている……。

「俺が変えるよ」

その言葉を口にするには、大きな勇気が必要だった。

底辺の陰キャが振り絞るには、あまりにも不相応な勇気だ。

でも俺はただの底辺の陰キャじゃなくてコスプレ大好きな底辺の陰キャだ。だから……、

「俺は変身させる専門のコスプレイヤーだ。だから君も、必ず変身させてみせる」

栞はしばらく言葉を失っていた。そうしながら、涙が止まった。

その乾いた唇から、「か……」という声がようやく漏れた。

「かっちょいい……」

「俺もちょっとかっこつけすぎた気がする」

コスプレイヤーだからといって彼女の心を癒やせるという理屈は何もない。

勇気を得るための、言葉遊びに過ぎない。それでも。

「二人で障害を乗り越えていこうよ、恋人同士なんだから」

蒼は手を差し出して——彼女には触れず——倒れっぱなしになっている栞の自転車を掴(つか)み、立て直した。

栞も立ち上がった。その肩はもう震えていなかった。

彼女がトラウマを克服できるようになるまで——彼氏という立場を守り抜こうと思った。

二人の側(そば)を、車が音を立てて通り過ぎていった。

ここは公道だ。二人きりの世界ではないと、我に返る。

なんだか止まっていた時間が、再び流れはじめたかのようだった。

「触れ合わないような距離で側にいて、触れ合わないようにイチャイチャしていれば、そのうち慣れる。男は危険じゃないと脳が記憶を上書きする。星乃さんはそう信じてるんだろ？　だったら俺もそれを信じるよ」

「でも……あおくんは本当は手を繋いだり、キスをしたり、もっとその先とか……したかったよね……」

蒼は首を振った。したくないかと言われたら、したい。

妄想だってした。しかしそれは現実味のない空想としか思えなかった。

「俺、ずっと恋人ができたって恋人ができたって実感がなかったけど……二人で障害を乗り越えるって決めたら、ようやく少しだけ恋人ができたって実感が湧いた気がするよ」

彼女の方から近寄ってもらって、彼女の方から好きと告白してもらって……、そんな与えてもらってばかりでは、彼氏と名乗る資格はないということだ。

ゆっくりと進んでいこう。

そして自分たち二人がちゃんとしたカップルになれるか、確かめてゆこう。

二人はゆっくりと帰り道を歩くのを再開した。

「明日もお弁当、作ってきていい？」

「無理してないなら、嬉（うれ）しいよ」

「無理なんてしてないもん……何作ろっか。帰ったら、お母さんと買い物に行かなきゃ」

栞は母の味のレパートリーを指折り数えながら口にだした。


サンドイッチ、カツサンドとかいいよね。

ケチャップでハートをどっさり描いたオムライスとか……。

メンチカツやコロッケの揚げ物のオンパレード。

八宝菜や回鍋肉（ホイコーロー）や青椒肉絲（チンジャオロース）を詰め込んだ中華弁当……。


……どれを食べても、自分は幸福を感じるだろうと蒼は思った。

「お母さん、私が彼氏を作ったって言ったら、本当に嬉しそうな顔したんだ……」

引きこもりだった娘に恋人ができたと報告された母の気持ちを、蒼は想像した。

母を安心させたいという元引きこもりの娘の気持ちも、ありありと想像した。

そして恋人として知っているべき彼女の秘密を、すべて知ったかのように感じた。

六章　あおくんのがんばり

週末を控えた金曜日の夜、蒼(そう)は真剣に思い悩んでいた。
――恋人の男性恐怖症のために、自分ができることとは何だろう？
ただ彼女が克服するのをぼけーっと待っているだけというわけにはいかない。
蒼は一つの決心を固めると、スマホを手に取り、栞(しおり)にメッセージを送った。

金曜日の夜、星乃(ほしの)栞はスマホを手にし、硬直していた。
原因は、恋人である蒼から届いたメッセージである。
『明日、うちに来てくれないか』
――私が男性恐怖症であることを、彼はすでに知っている。
であるから、これはそういう誘いではないはずだ。
ということは、単純におうちデートと考えていいのだろうか？

栞は深呼吸してから『行きます！』と送信した。

そして、さて、どんな服を着ていこうかとクローゼットを開いて考え込んだ。

～現役ＪＫモデル星乃栞のドキドキ☆おうちデートコーデ講座～

大事なのは頑張りすぎないこと！　お互いがリラックスできることを第一に考えて！

彼の部屋のインテリア次第では床に座ることになるかも……？　一緒にゴロゴロしたりしたいから、ミニスカートはやめよ！

家族の方に挨拶することになる可能性も考えたらカジュアルすぎる格好も考えもの！

トレンドよりも大人ウケを重視して、コンサバティブでトラディショナルでソフィスティケーテッドな上質ノームコアスタイルで行こう（錯乱気味）！

……ごめん適当言ってるわ（おうちデート初体験）。

翌日、ゆるっとしたニットにストレッチの利いたスキニーデニムを合わせ、上半身にボリュームをもたせたメリハリのあるＹシルエットのコーデで栞は月ケ瀬(つきがせ)家へやってきた。

下半身をタイトにまとめるのが、だらしない印象を与えないコツだ。

万が一、家族が出てきても大丈夫……と思いながら呼び鈴を鳴らす。

そういえば、マナマナと会える可能性もあるのか……。

ドキドキと胸が高鳴る。そして重々しい響きとともに、扉が開いた。

そこから現れた顔を見て――栞は髪の毛が逆立たんばかりに仰天した。

「いらっしゃい、星乃さん……」

おどろおどろしく甲高い声でそう言ったのは――、

――女装をした月ヶ瀬蒼だった。

「ぷっ」栞はたまらず噴き出した。

「あはははははははははっ！　何それっ⁉」

初めて入った彼氏の部屋を、栞は感動とともに見回す。
黒いスチールの机やベッド、黒いプラスチックの収納ボックス、白いカーテン……、
モノトーンでまとめたシックな部屋だった。『まとまりのある無難さ』が彼らしい。
コスプレにまつわるものは部屋のどこにもなかった。作業部屋が別にあるのかな……？
「どうぞ」と勧められて、栞はベッドの上に腰掛けた。一方で蒼は床に座った。
あおくんが毎晩使っているベッド……。
そう思うとゴロゴロ転がりたくなるが、グッと堪(こら)えて彼に問いを投げかけた。

「いったいどうしてそうなったの……？」と、栞はまずたずねた。

ファッション好きとしては、本当は出会い頭に笑ってはいけなかった。

性とファッションの在り方は多様なのだ。彼はそういう秘密を抱えていて、ついに打ち明けようとしているのかもしれない。

大丈夫だ。私はそんなあおくんでも受け入れられるよ……！

彼は床に乙女座りをして、こちらを上目遣いに見つめ返した。

「実は……（甲高い声）」

その不自然な声色に、やはり笑わせにかかっているのでは……と栞は肩を震わせた。

「……女装すれば、星乃さんの男性恐怖症が和らぐかもしれない、と思って」

「えっ？」

「ちょっとでも抵抗感を減らせれば、慣れていく助けになるんじゃないかな。今日は愛歌が出かけてるから。星乃さんのために試せることを何でも試したかったんだよ」

「あおくん……」

女装しているにもかかわらず、思わず見とれてしまうような真剣な眼差しだった。

「しゅき……」

思わず声をもらすと、彼は照れくさそうに目を逸らした。

そんな反応もしゅき……。

でもそうか、今日はマナマナがいないのか。

ちょっと残念だけど、彼も妹のいる家で女装をする勇気はないらしい。そりゃそうだ。

……それにしても、『コスプレ衣装師（スタイリスト）』だけあって、目をみはるレベルの女装である。

男と女の顔のもっとも大きな相違点は、眉と目と唇だ。

面倒だから手入れをしないと言っていた眉は細く整えられ、アイシャドウとマスカラで両目を大きく華やかに見せている。ファンデーションは肌を滑らかに覆い、ピンク系のチークが愛らしい。グロスのリップが塗られた唇はぷっくりと存在感を示していた。

茶髪のウィッグによって、髪形もしっかり可愛（かわい）らしいショートボブ。

服装は……マナマナの服は流石（さすが）にサイズが合わないのだろう、女子が身につけていても違和感のない学校指定のジャージを着ていた。

ちょっとだけ体格がゴツいが、まあこういう子もいるよね……という許容範囲内だ。

むしろけっこう可愛いまである。あおくんはわりと地顔が整っているのだ。しゅき。

これなら……女の子だと思い込むことも、できるかもしれない。

栞は感動を覚えた。いかに恋人のためとはいえ、ここまで完璧な女装までしてくれる彼氏はそうそういるまい。なんて素敵な彼氏なんだろう……。

蒼が、リップで彩られた口を開いた。

「私、蒼子！　よろしくね！　それじゃあ早速ガールズトークをはじめましょ☆」

ダメだった。琹はこらえきれずに「ぷふっ！」と噴いた。

「ちょっと……どうして笑うのよ！」

蒼子がプンプン怒るが、火に油であった。琹は「あはははははっ！」と腹を抱えた。

「そんなの笑うって！　声に絶対無理があるもんっ！」

「そこは……しょうがないじゃない。慣れてよねっ！」

「テンションも絶対おかしいでしょ！　あはははははっ！」

しかしいつまでも笑っていては、彼の頑張りを無駄にしてしまう。

琹は「すーはー」と深呼吸をして、笑いを耐えた。

ええと、とりあえず雑談を振るか。

「ね、今月の『アタック』読んだ？」

〈月刊コミックアタック〉──ラノベのコミカライズを中心にオタク向けの連載をぎっしりと揃えたマンガ雑誌だ。広辞苑のごとく分厚く、恐ろしいほどの読み応えを誇る。

「ダメよ！」と、いきなり蒼子はダメ出しをした。

「そんなオタクっぽい話題、私嫌っ‼」

「えっ⁉」

「もっとガールズトークっぽい話しましょ！」

「えええっ……⁉」

おいおい、マジかよ、あおくん……。

妥協なく女子になりきろうというその姿は、まさしく彼氏の鑑だった。

だが……本気でガールズトークなんてやれるのか？　やれるのか、あおくんよ。

「コスメの話しよっ☆　しおちゃんはどんなコスメ使ってんの？」

蒼子が言った。しおちゃんって誰や……。

「私、乾燥肌だから美生堂の『モイスト・スキュータム』使ってるんだけど、新発売したアエリアの『プリット』も気になってて！」

何だと……と栞はびびった。美生堂のモイストは確かに乾燥肌女子の定番だし、プリットはモデルやスタイリストたちも注目している激アツの新商品だ。

……てか、そうか。そういえば、あおくんも、い、い、マナマナなんだ。

彼がコスメにくわしいのは、当然のことだ。

「そういえば知ってる？　化粧水って肌にまったく浸透しなくて、医学的に無意味なんだって。そもそも外国じゃ化粧水なんてつけないらしいよ」

「そういうの鵜呑みにするの怖くない？　お医者さんって、人によって言うこと全然違うし……。日本には日本の気候と体質があるんだから……」

蒼子の美容知識は現役モデルの栞とまったく遜色がなかった。

教室の女子カーストトップのグループに蒼子を投げ込んだとしても、たちどころに馴染むどころか……頼れるお姉さんとしてボス猿的存在に君臨するに違いなかった。

「えーっ！　その話もっと聞かせて！」

不意に蒼子はそう言いながら立ち上がり、ベッドに腰掛ける栞のすぐ隣に身を寄せてきた。話題の盛り上がりに合わせて、距離を一気に縮めてくる。

それは違和感のない立ち振る舞いだった。

そうして蒼子がそっと、栞の肩に手をかけようとした――。

あ、ダメだ。すぐに栞はわかった。

私の脳は、蒼子をちゃんと男性として認識している。

頭の中に真っ白い恐怖が広がり、思考が麻痺(まひ)していく……。

考えるより先に身体(からだ)が動いて、琹はパシッと蒼子の手をはね除(の)けていた。

「ダメだったか……」

蒼は素に戻って、うな垂れた。

「上手(うま)く女の子になりきれてたと思うんだけどな……」

「ごめんね、あおくん……。わざわざ、女装までしてくれたのに」

「気にしないで」と、彼は弱々しく笑った。

「それじゃあ、着替えてくるよ」と、言って立ち上がる。

琹は「待って」と、彼を呼び止めた。

「……またときどき蒼子ちゃんになって欲しいな。蒼子ちゃんとおしゃべりするの、普通にしゅき……」

彼は弱りきったような苦笑いを浮かべてしまった。

◇

週明けの月曜日、放課後、二人きりの裁縫室。

星乃栞は恋人と向かい合って、硬直していた。

今、なんと言った……？

栞の内心を読み取ったかのように、月ヶ瀬蒼は同じ言葉をもう一度口にした。

「俺のことを罵り(ののし)ながら、踏んづけてくれないか？」

どうしよう……。聞き間違えじゃなかった……。

栞は絶望に凍り付いた。

マゾヒズム――あおくんにそういう趣味があっただなんて。

彼にとって理想の女の子であろうと努力し続けると、心に決めているけれど……。

大好きな人に暴力を振るうなんて、私には無理だよ……（ぴえん……）。

「――そうすることで、男性恐怖症を克服できるんじゃないかって思うんだ」

ガクッと栞は脱力した。

「どういうこと……？」

「男に触られると恐怖の発作が起きるわけだけど……無抵抗でぶっ倒れてる男を、靴越しで踏みつけるとかでも発作は起きるのかなって疑問に思って」

想像してみる。……接触していることには違いないけど、心理的にはかなり違そうだ。

相手は何もできない……こちらも主体的に触るというより、体重を掛けるだけ……。

「確かに……」

いける気がする。いけるかもしれない。

「それに男性恐怖症って男が怖いって心に刷り込まれてる状態だろ？　だったら逆に男を屈服させて、男への勝利体験を心に刷り込めば克服できるんじゃないかと思って」

こちらももっともだ。心理学的に正しい考えな気がする。

しかし……一つだけ、致命的な欠点を抱えていた。

「私にはあおくんを罵るなんて無理だよ……。だってあおくんって完全無欠の存在だもん。なんて言って罵ればいいのかわかんないよ……」

蒼は「は？」という顔をした。

「ブサイクとか、ブ男とでも言えばいいじゃないか」

「はぁ⁉　何言ってるの⁉　あおくんは超カッコイイよ！　あおくんをブサイクだなんて……たとえあおくんでも怒るよ⁉」

蒼は「ええ……っ」と困惑顔をした。

「ダサいとか、センスないとか、キモオタとか……」

「あおくんはセンス良いのにファッションに興味ないだけじゃん！　衣装を見ればそれぐ

らいわかるよ！　キモオタなのはお互い様だし……」

「バカとか、アホとか……」

「あおくんこないだの中間テスト、何位だっけ？」

「クラスで十位」

クラスは三十人ほどだ。栞は下から数えた方が早かった。

栞はムスーっと頬を膨らませた。

「あおくん！　そこに屈服して‼」

栞は女王様のごとく命じた。蒼は「はいっ！」と、裁縫室の床にうつぶせになった。

「ふふふ、惨めなあおくんだね……汚い床をナメクジみたいに這いずって」

具体的な悪口は思いつかなかったが、とりあえず勝利感を得るべく罵ってみた。

「はい、惨めな私めをお踏みください」

蒼が言う。彼の口から、そんなマゾっぽいセリフ聞きとうなかった……。

栞は蒼の背中に上履きの足を載せ――ぐっと体重を掛けた。

右足、そして左足。少し不安定な彼の背中の上に、完全に載る。

――平気であった。

「……どう？　大丈夫？」

足下の蒼が、こちらを見上げながら、気遣うように言った。
その瞬間——背筋からぞっと恐怖が脳髄へと走り、頭の中が真っ白になった。
論理が失われ、感情が恐怖とパニックに埋もれていく——。
反射的に机に手を伸ばし、バランスを崩しそうになる身体を支える。
「こっち見ないで‼」栞は怒鳴った。蒼は慌てて顔を床に向け直した。
栞は深呼吸を繰り返した。次第に頭の中がクリアになっていく。
「……大丈夫？」蒼がもう一度、心配そうに言う。
彼は優しい表情で、優しい言葉をかけてくれているだけだ。
なのに、男性であることを意識させられるだけで、ダメになってしまう……。
——しかし逆を言えば、それさえ意識しなければ、触ることができている。
それは小さな成功だった。
「大丈夫……。人間じゃなくて、地面だと思って踏むだけなら……」
達成感が胸のうちに湧いた。何はともあれ、初めて彼に触れられているのだ。
「気持ちいい……」
蒼が呟き、栞は「えっ」と声を漏らした。
罵られ、踏まれ、怒鳴られ、人間ではなく地面扱いされて……それで喜ぶなんて。

やっぱりマゾ……？

「背筋の良い感じのところに体重がかかってて……」

なんだ、ただの肩こりか。

「あおくん、衣装作るときけっこう猫背になってるもんね」

「もうちょっと載ってってもらえるかな？」

……これ、あおくんとの初めてのスキンシップなんだ……。

痛くないかと思っていたけど、求めてもらえると嬉しくなった。

琹は「うん」と答えて、もうしばらく彼の背中に甘え続けた。

そうして、男性恐怖症に効果があるのかわからないが……、

裁縫室での日常に『彼の背中に載る』という新たな習慣が追加されることとなった。

七章　コス・フリー

コス・フリーを一週間後に控えて、蒼（そう）はダークルナの衣装も完成させた。

早速、自宅で試着をすることとなった。

愛歌（まなか）に化粧を施し、着替えさせ——、
月ヶ瀬（つきがせ）家のリビングに、ダークルナが降臨した。

甘ロリ魔法少女という雰囲気の本来のルナとは一線を画す、ゴシックパンク。

漆黒の花嫁を思わせるレースのドレスは、肩やへそを大胆に露出し、引き裂かれたスカートからすらりと長い脚とロングブーツを覗（のぞ）かせている。

いつもの愛歌よりも鋭い目つきは、化粧によって目の形を大改造したものだ。

口元には、あらゆる男たちを侮蔑するような、小悪魔的な笑みを浮かべている。

「お兄ちゃん……そこにひざまずいて！」

その高圧的な態度に、かつてのルナの面影はない。

命じられた蒼は、さっとその場にひざまずいた。

ダークルナはツカツカと床を踏みならして歩み寄り、ひざまずく蒼の頭をぎゅっと抱いた。漆黒の薄衣越しに、蒼の顔はダークルナの甘くて柔らかい胸に埋もれてしまう。

「ありがとう、お兄ちゃん……最高の出来だよ」

ダークルナが囁いた。ルナがお兄ちゃんと呼ぶキャラは、作中にいない。

しかし蒼は何の違和感もなく、その言葉を受け入れていた。

ダークルナが、さらに囁く。

「……大好き、お兄ちゃん」

どくんっと心臓が跳ねた。

蒼は元々、ステラよりもルナ派だ。そのルナに、お兄ちゃんと呼ばれながら大好きと言われ、抱き締められる……まさしくオタクとして本望すぎるシチュエーションだった。

蒼はうっとりとその言葉とぬくもりを感じながら——我に返る。

こいつは愛歌なのだと。

——今まで以上に理性がもっていかれる感覚があって、危ないところだった。

「最近のおまえは本当に甘えん坊だな」

意識を兄の立場に切り替えて、蒼はそう言った。

……大好き、なんて口に出して言われたのは、小学生の頃以来だろうか。

スキンシップも本当に増えた。

ずっと我慢していただけで、それが愛歌にとって本来のありのままの姿なのだろう。

「たまにははっきり伝えておこうと思って。お兄ちゃんは？」

「もちろん大好きだよ」

ただし家族としてだ。あくまで、兄として妹への『大好き』である。

「えへへ……知ってる。お兄ちゃんは私のこと、昔から大好きだもんね」

愛歌は調子に乗ったように笑って、ますます強く蒼の顔を抱き締めた。

「お礼に……ルナのおっぱいをいっぱい味わっていいよ……」

ルナなら言わないが、ダークルナならば言うであろう誘惑的なセリフ。

愛歌ならしないだろうが、ダークルナならばするだろうというみだらな振る舞い。

ダークルナが胸を揺らして、蒼の顔にすりすりとおっぱいを擦（こす）り付けてきた。薄衣越しに柔らかさと、砂糖を溶かしたミルクのような香りを強く感じる。

蒼は心臓を高鳴らせながら——我に返った。

自分はダークルナのおっぱいを味わっているのではない。

こいつは愛歌だ。

それでもなお、いつまでもこうしていたいという欲求を抑えるのに、苦労した。

こいつ、ダークルナのコスプレをしているからって、やりすぎだろう……。

――あのとき豪語したように、愛歌がどんなふうに甘えたとしても兄としての体裁を失わず、堂々と受け止めねばならない。

だって自分には、すでに恋人がいるのだから。

「……もういいだろ、離れろ」

愛歌の抱擁を振りほどき、立ち上がった。

蒼を見上げて、愛歌は悪戯っぽく笑った。

「ね、お兄ちゃんにも見てもらいたいものがあるんだけど」

「何？」

蒼が問い返すと、愛歌はリビングから小走りに去って行き――、
自分の部屋から持ってきたのだろう、白いシーチングの塊を手に戻ってきた。

それは――コスプレ衣装の試作品だった。

真っ白だからわかりづらいが、エーデルバルド長官の衣装だ。

「ふっふっふ。お兄ちゃんのサイズで、私もこっそり作ってたの」

「俺のサイズ？　採寸なんてしてないのに、そんなのどうして……」

「高校の制服を作るときにがっつり採寸してたから、それをこっそり拝借しました」

なるほど、それなら蒼に内緒で衣装を作れるわけだ。

「……俺は衣装を作る専門だって知ってるだろ。着る側には立たないよ」

「最初の頃は違ったじゃん」

最初の頃――ダンボールで作ったグッズで魔法少女ごっこをしていた時代。

確かにその頃は、蒼も一緒になってなりきり遊びをしていた……。

言われてみると確かにそうだ。

……いつの間に自分は愛歌をコスプレさせる専門になっていたのだろう。

「お兄ちゃん、最近帰ってくるの遅かったからさ。その間に作業部屋で私が作ってみたんだ。なかなかのもんじゃない？」

蒼は愛歌からシーチングの衣装を受け取り、広げてみた。

蒼から見れば未熟だが……独学の難しさを蒼は誰よりも理解している。

蒼は感心した。しかしシーチングということは、まだ未完成品ということである。

「ここから先は一緒に作ろうよ。お兄ちゃんはちゃんと試着して調整したものじゃなきゃ納得できないでしょ？」

試着と微調整に徹底してこだわるのが、蒼の流儀だ。

愛歌もそれを知っているから、完璧なサプライズにはできなかったのだろう。

「それで……コス・フリーで一緒にコスプレしよ？　昔のごっこ遊びみたいにさ」

愛歌は上目遣いに蒼の表情を覗き込んだ。

「ダメ？」

「……しょうがないな」

蒼はここ最近、愛歌に構ってやれずにいるのを思い出す。

「しかしよりによって、エーデルバルドかよ」

ダークルナを調教した男……。

ダークルナのコスプレをした愛歌と並んで立ったら、完全に変態兄ではないか。

「だってけっこう気に入ってそうだったじゃん」

愛歌はおかしそうに笑った。

それから一週間──蒼は愛歌と二人でエーデルバルドの衣装を完成させ、
コス・フリーの当日を迎えた。

コスプレイヤーと言われると、コミックマーケットの名物となっている姿がもっとも有名かもしれない。

事実、日本のコスプレ文化の発祥の地はコミケである。

だがコミケの主役は、当然だが、コスプレではない。コスプレはあくまで添え物だ。

コスプレ文化が成長していくにつれて、コスプレはコミケのオマケという立場を超えてゆき……ついにはコスプレが単独で主役の『コスプレイベント』が全国各地で開かれるようになった。

その一つが『コス・フリー』である。

◇

会場となっている公園へと、蒼と愛歌はやってきた。

コス・フリーは青空の下で行われる屋外型のコスプレイベントである。

会場の公園内で、自由にコスプレや撮影を行うことができる。

さっそく蒼は受付に向かった。

「コスプレイヤー二人でお願いします」

受付ではコスプレイヤーと一般参加者（カメラマン等）とで料金やあつかいが違うことが多い。蒼はコスプレイヤーとして参加するのは、これが初めてだった。

自分と愛歌の受付をまとめて済ませて、次は更衣室に向かう。

「それじゃあお兄ちゃん、着替え終わったらここに集合ね！」

クソ似合わないサングラスをくいっと輝かせながら、愛歌が言う。

なぜサングラスをかけているのかというと、すでにほぼメイク済みだからだ。

イベントでは蒼が更衣室に同行できないので、コスプレの最後の仕上げは愛歌自身ですることになる。

「……今回は俺もコスプレイヤーだから着替えなきゃならないんだな」

蒼はため息をつきつつ男性更衣室に向かった。

更衣室の中はコスプレイヤーでごった返している。床には一人分のスペースが区切られていて、そのテリトリーから出ないように手早く準備せねばならない。

素早く衣装を身につけ、蒼は手鏡に自分の顔を映した。

……自分の顔は好きではない。

愛歌にメイクを施すときのようなモチベーションは、正直わかない。

……しかしだからといって手を抜くのは、原作キャラクターへの冒瀆である。

蒼はエーデルバルド長官の姿を思い描き、彼への想いを胸に呼び起こしながら……、
いや、正直そこまでの思い入れはないキャラだけど……、
まあ、この衣装もせっかく良い出来映えだしな……、
そんぐらいの気持ちで、自らにメイクを施していった。

やがて蒼はすっかり『俺がエーデルバルドだ』という気持ちになって更衣室を出た。

女を調教したい……それも気高い魔法少女をだ……。

「犯したる……！」

低い声でそう呟くと、にやりと不敵な笑みを浮かべる。

完全に変質者だが、それがコスプレというものだ。

「わーっ！　エーデルバルド長官だ！　写真撮らせてください‼」

背後から声をかけられる。

こういうことを言われるのは、コスプレイヤーなら誰でも嬉しいものだ。

蒼はにやけそうになるのをこらえつつ、エーデルバルドらしいしかめっ面で振り向いた。

星乃栞がいた。

——ダークステラのコスを着た、栞だった。

このコスイベントに参加するなど、聞いていなかった。

「うわぁあああああっ!?　星乃さん!?」

「えっ……あおくん!?」

栞も一瞬の間を置いてから、驚きの声をあげた。

「あおくんがコスプレすることもあるの!?　えーっ、教えて欲しかったんだけど‼　てか超いいじゃん、エーデルバルド長官‼」

そう言ってパタパタとそばに駆け寄ってくる。

手には大きなボストンバッグを携えたままだ。会場にはロッカーがある。なのに荷物を抱えているということは、彼女も着替えたばかりということだ。

「星乃さんはどうしてここに?」

「だってマナマナのアカウントで、コス・フリーに参加するって予告されてたじゃん!」

——考えてみれば、彼女はマナマナのアカウントをチェックしているのだ。

こうして同じイベントに参戦するというのは、偶然ではない。

しかし……なんとなく現役モデルである彼女と、こういうリアルコスプレイベントは縁遠いものと感じていて、想像できないことだった。

蒼の中でコス・フリーとは愛歌とのイベントであって、栞とのイベントではなかったのだ。

だから蒼は栞との会話の中で、コスイベントの話題を出したことがなかった。

……というか、今のあなたの姿は事務所的にオッケーなの？

晴天の下、栞はけっこうな露出度で笑顔を輝かせている。事務所的にまずくない？

「星乃さんこそ、参加するなら言ってくれればいいのに……」

「へへへ、だって驚くかなと思って……サプライズ成功！」

「お兄ちゃーん、お待たせ！……って、その人は……」

背後から、振り返らずともわかる声が駆け寄ってくる。

対面の栞の表情がぱーっと輝いた。

「マナマナ！　リアルマナマナのダークルナ‼　うっわ大ファンです、マジ尊い‼　あのっ、撮影いいですかっ！　ていうか〈合わせ〉でお願いできますか！」

ファン対応に慣れてるはずの愛歌が、びくっとなって蒼の背後に隠れた。

「お、お兄ちゃん……何この人？」

「俺のクラスメイト。コスプレ好きで、マナマナのファンらしい」

「はい、ファンです！　星乃栞って言います！」

「星乃栞って……高等部の、女帝？」

愛歌は強ばった声を出した。

「……なんでお兄ちゃんなんかが、氷の女帝なんかと知り合いなの？」

氷の女帝の異名は、中等部にも知れ渡っているようだ。

――そして愛歌もそれに憧れるほど、ファッションを好きではない。

こいつはコスプレは大好きなくせに、普段着はジャージやスウェットばかりなのだ。

「女の子がそんなに身なりを気にしないでいていいのか？」と、蒼が心配しても、

「お兄ちゃんはそんなの気にしないでしょ？」などと、笑ってばかりいる。

確かに蒼は愛歌がかわいいことも、メイクをしてコスプレをすればさらに美しくなることも知っているから、普段クソダサTシャツを着ていようと気にしない。

オシャレとは不特定多数から好かれるための、外に向いた行為だ。

……愛歌には本質的に、そのような意識がない。

外からの称賛によって自信を取り戻した栞とは、きっと本質的に真逆なのだ――。

だから、ウマが合わないと直感的に思ったのかもしれない。

初対面にもかかわらず……愛歌は蒼の背に隠れたまま「ぐるる……」とうなった。

まるで警戒心の強いポメラニアンのようだ。

「あのあのっ！　撮影させてください、マナマナさん‼」

しかし栞はグイグイ行く。

他人の敵意に鈍感なところがあるのかもしれない。

「ううう……」

威嚇が功を奏さず、愛歌は縮こまってしまった。

「なんなの、この馴れ馴れしいリア充。……でも、この衣装……」

愛歌は栞の衣装を上から下まで視線を巡らせて、「……ふーん」と呟いた。

クオリティの高さに感心したのだろう。

だがそれも当然のことだ。蒼が作った衣装なのだから。

「ていうか月ヶ瀬くんもエーデルバルド長官だし、合わせしましょうよ！」

栞が言う。……愛歌の前で『あおくん』と呼ばれなかったことに、蒼は密かに安堵した。

「あなたと、合わせ撮影……？」

「はいっ！　だってダークルナとダークステラとエーデルバルド長官が揃ってるんですよ！　この公園だったら……〈オセアニア大森林攻防戦〉のイメージで！」

木々に恵まれたロケーション。この公園でコスプレ撮影をするとしたら、ぬるずぼをプレイした人物なら誰もがそのシーンを思い浮かべるだろう。

「それは……悪くない、かも……」

愛歌の瞳が輝きを帯びていく。

私情を抜きにしたら、栞は合わせ撮影の相手として申し分がないはずだ。

〈合わせ撮影〉とは、複数のコスプレイヤーが共通の作品などで世界観を合わせて一緒に撮影をすることだ。

知り合い同士で事前に準備することもあれば、イベントで知らないコスプレイヤー同士で突発的に合わせることもある。

同じ作品のコスプレをしていれば、それだけで声をかけるキッカケになる。

そうしてコスプレイヤーの交流は広がっていくのである。

――公園内にざわめきが広がっていく。

「東入口付近で、ものすごいクオリティの合わせ撮影をしてるぞ！」

「……マナマナ姫だッ！　マナマナ姫が来たんだッ‼」

「だがもう一人は……いったい何者なんだ⁉」

「拙者のデータベースにないコスプレイヤー……だと⁉」

カメラと三脚とレフ板を抱えた重装備のオタクたちが、他人にぶつかって迷惑にならない程度の早歩きで公園を駆け巡り、そこに集結していく——。

瞬く間に、愛歌たちの前に行列ができた。

「マナマナさん、視線こっちください！　……あの、蒼くんのエーデルバルドは外れてもらえますか？」

カメラを構えたオタク、いわゆる〈カメラ小僧〉が、遠慮なくそう言った。

カメラ小僧とは言うが、言うまでもなく蒼より年上ばかりである。

蒼は「あ、はい」と、その場から抜けようとする。しかし、

「ダメっ！　この合わせ撮影はお兄ちゃんも一緒じゃなきゃ不許可！」

すぐさま愛歌が怒鳴った。

顔見知りのカメコは「しょうがないなあ」と頭をかきながら撮影の準備を続けた。

「今日は蒼くんの方もコスプレしてるんだねえ」

「いやあ、なんだかそういうことになっちゃって……」

苦笑いしながら答える。

マナマナが兄妹コスプレイヤーであることは、コスプレ界隈では広く知れ渡っている。

お姫様みたいな妹と、そのワガママに振り回される兄――そんな微笑(ほほえ)ましい構図が、カメコのおじさんたちから人気なのだった。

「写真、送ってくださいねーっ！」

撮影が終わると、愛歌は欠かさずそう声をかける。

これはコスプレイヤーとカメコの定番のやりとりで、『不出来な写真をレタッチ(修整)もせず公開するんじゃねえぞ』という無言の圧力が含まれているのである。

カメコが一人去ると、次のカメコが撮影の準備をはじめる。

順番は絶対である。大勢がコスプレイヤーを囲んで一斉に撮影する〈囲み撮影〉を、愛歌は好まない。

彼らに許された時間は、一人当たり約二分。その間に最高の撮影をするべく、彼らはキビキビとした動きでレフ板や三脚のセッティングをはじめてゆく。

――普段は外から見ているが、一緒に撮影される立場から見ても……愛歌のコスプレイヤーとしての『技量』はやはり生半可なものではない。

カメコのカメラが、撮影を見守る人々の視線が、確実に愛歌に向いているのがわかる。

蒼のエーデルバルドが脇役と化するのは当然だ。男だし。

しかしその横には、栞のダークステラもいるのだ。

にもかかわらず、この合わせ撮影の主役は確実に愛歌だった。

栞のコスプレが不出来なわけではない。衣装やメイクのクオリティは言うまでもなく高いし、本人に美貌も備わっている。写真を撮られ慣れていて、緊張の様子はない。

——初参加にしてすでに並のコスプレイヤーではない。

それでも愛歌とは決定的な差があるのだ。

栞がかつて『彼女は自分を輝かせる術を知っている』と愛歌を評したが……まさにその通りなのだろう。

蒼の中で強烈な衝動が湧き上がってきた。

……愛歌を撮りたい。撮る側にまわりたい。

俺にとってのコスプレとは……演じることではなく愛歌を撮ることなのだ。

「すみませーん、三人での合わせはこれまででーっ！」

——愛歌の気分次第で列の最後が指定され、撮影はそこで終了となる。

愛歌のカメコへの態度はクソでかい。

基本的に『おまえらに撮ってもらわなくてもお兄ちゃんに撮ってもらえればいいから』

というスタンスなのだ。

カメコのおじさんたちも、どんなに高級機材をそろえて撮影スキルを磨いても『お兄ちゃん』には敵わないことを承知しているので、苦笑いするしかないのだった。


「……あなた、コスネームは？」

タオルで汗を拭きながら、愛歌がちょっぴり上から目線で栞に言った。

――愛歌がコスネームを聞くというのは、相手をコスプレイヤーとして認めた証だ。

合わせ撮影をしながら、栞の様子を観察していたのだろう。

愛歌がもっとも嫌悪するのは、流行りに乗っただけの愛のないコスプレイヤーだ。

栞のコスプレ演技からは、紛れもない原作愛を感じたに違いない。

星乃栞は現役モデルだが……それ以上にキモオタなのだ。

「芸能事務所〈フィエスタ〉所属の星乃栞です！　マナマナの大ファンですっ！」

栞は愛歌の関心を引けたことに嬉しげにむふーっと鼻を鳴らして言った。

愛歌は「は？」という顔をした。

「……あの、コスネーム使わないの？」

「コスネームって何ですか？　私、もともと本名でモデル活動してるし」

「はぁ⁉　ちょっとちょっとお兄ちゃん、この子なにも知らないじゃん！　なんで何も教えずにコスプレさせてるわけ⁉」

愛歌は鬼の形相で蒼を振り仰いだ。

「いや、俺も星乃さんがいきなりコスプレイベントに参加するとは思わなかったから」

愛歌はため息をついてから栞に顔を向き合わせた。

そして「見なさいっ！」と、大きく手を振った。

周囲には撮影を終えたはずのカメコたちが、一定の距離をとりつつこちらの様子をモジモジと観察していた。撮影が終わったのに彼らが立ち去らない理由は……。

「いーい？　あのオタクたちはこの会話が一段落つくタイミングを見計らっているの。そして一斉にあなたに話しかけようと待機してるんだよ」

「ええっ⁉」と、栞は仰天した。

愛歌は有名カメコたちを指さしていく。

「あそこにいるのはバズーカマスオ。合計２００万の機材を自慢しながら君の専属カメラマンになるよって持ちかけてくるの。一度連絡先を交換すると、執拗(しつよう)に二人きりで会おうと誘いをかけてコスプレイヤーを食べようとする有名なブラックカメコ」

「食べっ……⁉」

「あそこにいるのは一般でも活動していて個展を開いたこともあるカメラマン。自分が撮影すればすぐにビッグになれる……と甘い話を持ちかけてコスプレイヤーを次々と食べていく。通称スカベンジャー……」

食べるというのは、もちろん性的な意味だ……。

「あそこにいるのは大手出版社の不良編集者。ボクのコネを使えば写真集を出せるよって言ってコスプレイヤーを次々と食べ散らかしていく……」

天使のような愛歌が、コスプレ界の地獄のような裏側を明かしてゆく……。

「あそこにいるのは単なるイケメンゲス野郎。スマホで雑に撮るだけのクソザコだけど、イケメンってだけでコスプレイヤーたちを食べ散らかしてる」

「みんなレイヤーを食べたいだけじゃないですか⁉」

「そうだよ！　パクパクだよ‼」

――コスプレイヤーとカメコの力関係というと、カメコが奴隷あつかいされるような従属的なものばかりを思い浮かべるかもしれない。

しかし、事実は必ずしもそうではない。

多くのコスプレイヤーは写真撮影の機材やスキルを持っていない。

それゆえ腕のいいカメコが撮ってくれる良質な写真は、活動していく上で必要不可欠。

コスプレイヤーもカメコに依存した、相互依存の関係なのだ。

そうなると〈上位カメコ〉の中には、コスプレイベントを単なる出会いの場として捉えるような者も出てくる。コネや実力があれば、それもできてしまうのである。

「……愛歌が極端な例ばかり挙げただけで、真っ当な理由でコスプレイヤーに声をかけるカメコさんも大勢いるからね」

蒼は一応、彼らの名誉を守った。

「でもやべーやつもいる。地味な活動をしているうちはいいけど、あなたは一発で多くのカメコに目をつけられた。そういう人に、あなたは自分の本名やSNSアカウントを無防備に教えようとしたんだよ。彼らはサイバーポリス並みの技術と執念で、狙ったコスプレイヤーの住所や個人情報を暴いてくる……」

栞は「こ、怖い……」と怯えた。

「同性から嫉妬されて嫌がらせを受けることだってあるんだから！」

栞はしおしおと俯いて身を萎れさせた。

「しおしお～っとした気分になったから、しおしおってコスネームにします……」

「まあ、何でもいいけど。名前を聞かれてもコスネームで答えるんだよ！」

そこで会話が途切れた。

　すると、周囲のカメコたちが、一斉に栞へと群がった。

　むろん愛歌にも人は集まったが、愛歌のガードが堅くて見込みが薄いことはすでに知れ渡っている。カメコたちは圧倒的な勢いで栞に押し寄せた。

「きみ、コスプレイベントは初めて⁉　名前は⁉　これ、ボクの名刺だけど！」

「カメラの腕に自信があるんだけど、専属カメラマン、どうかな⁉」

「きみのことをもっと撮りたいんだ！　撮影料払うから、アフターしない⁉」

　――男性恐怖症の栞の表情がみるみるうちに強ばっていくのがわかる。

　氷の女帝と呼ばれる表情――その実、彼女はビビっているのだ。

　蒼は割って入るように栞の前に立った。

　すると栞は、蒼に半ば隠れるようにしながら、叫んだ。

「私……この人の専属コスプレイヤーなので！　そういうの全部お断りします‼」

　カメコの群れが、ざわっと波だった。

「ママナのお兄さんの、専属コスプレイヤー⁉」

「それってもしかして彼氏彼女ってことなんじゃ……」

「美少女コスプレイヤーの妹がいて、さらにこんな子を彼女にするなんて……」

「まさにルナとステラを二人とも手中に収めたエーデルバルド……‼」

「前世でどんな徳を積めばそんな人生を送れるんだ……？」

「俺もそんな人生を送りたかった……」

——その一言で、まさに一蹴。

カメコのおじさんたちは、哀愁を漂わせながら散り散りに去って行った。

「えへっ。間違ったことは言ってないでしょ？」

栞の方に向き直ると、彼女は安心しきった表情でそう笑う。

専属コスプレイヤー……その言葉には、無限のロマンがあった。

専属カメラマンと言われても、ビジネスライクな関係としか思えないのに。

こんな美少女が、俺のためにどんな衣装でも着てくれる……そんな夢と所有欲が限りなく広がっていく。

下手したら、恋人よりも上位概念ですらあるかもしれない……。

「ちょっと、お兄ちゃん何それ！　この人が専属コスプレイヤーって⁉」

自分に集まってきていたカメコを振り払って、愛歌が顔を迫らせてきた。

「べ、別におまえが気にする筋合いじゃないだろ」

　蒼はたじろぎながら抗弁する。

「……俺がこの子の専属になるってわけじゃないからマナマナの活動には影響ない。ただこの子が、俺以外とはあまり関わりになりたくないってだけだ」

「お兄ちゃんのことをとるわけじゃないから、大丈夫だよ」

　栞が、歳下の愛歌をあやすように言った。

　それがかえって愛歌に火をつけた。

「大丈夫なわけあるかーっ！」

　愛歌はプンスコと叫び、蒼の占有権を主張するようにギュッと抱きついた。

「お兄ちゃんは私のっ！　お兄ちゃんだって、私のこと大好きなんだからっ！」

「あー、確かに大好きだけど、兄妹としてな」

「だからあなたの出る幕なんてないのっ！」

「『だから』で話が繋がってねえよ。俺の交友関係に口出しするな」

　栞にシスコンと思われたくなくて、蒼はつとめて冷たい態度をとる。

　しかし愛歌は「にゃーっ！」と奇声を発して離れようとしない。

「お兄ちゃん大好きな甘えん坊マナママナ……可愛い！　尊いっ‼」

栞はその様子を前にして、目を輝かせた。

この女オタクは——蒼と愛歌の関係に、勝手に萌えていた。

「ぐぬぬ……人を脅威とも思っていないリアクション……」

愛歌は妙なことを口走り、歯噛みする。……脅威？

「……エーデルバルド様」

愛歌はそこで、表情を切り替えて囁いた。

子供じみたワガママ妹から一転して——調教済みの色気を漂わせた少女に気配が変わる。

「ルナのこと手籠めにしたんだから、ちゃんと責任とってもらわないと困るんだから……。

私の前で、他の奴隷のことなんて見ないで……」

愛歌が一瞬にしてダークルナに変身する。

そうなると蒼の心は簡単に傾いて、心臓がドクンと跳ねてしまうのだった。

鬱陶しいだけだったはずの妹が、ものすごくエロかわいく感じてしまう。

この演技力こそが、愛歌のコスプレの真骨頂なのだ。

「え……ええい！　離れろ、メス子豚の分際で鬱陶しい‼」

蒼はエーデルバルドの演技をしつつ抵抗した。

「わぁーっ、ダークルナだ！　ダークルナ完堕ちルートキタコレっ‼」

栞はますますオタク声をあげて喜んだ。

周囲にいまだ漂っていたカメコたちも、突然のシャッターチャンスに「ほあああっ！」だとか「きえええいっ！」だとか奇声をあげて再集合し、一斉にシャッターを切る。

（※コスプレイヤーを撮影するときは必ず声をかけて許可を得てからしよう）

……妙な小芝居がウケてしまったせいで、引くに引けなくなってしまった。

仕方なく、蒼は愛歌を振りほどけないまま、恋人とカメコたちの見ている前で愛歌をイチャイチャと甘えさせることになってしまった。

……まあ、星乃さんも喜んでるから別に問題ないけれど。


「マナマナやっほーっ！」

「〈速報〉見ましたよ。今日はお兄さんもコスプレをしているのですね」

カメコとの交流が終わると、今度は知り合いのコスプレイヤーが集まってきた。

速報とは、カメコがイベントで撮影した写真をその場でノートパソコンでレタッチし、すぐさまＳＮＳにアップするという行為である。

真っ先に公開される写真はリツイートを稼ぎやすく、拡散されやすい。

しかしレタッチが雑になりがちで、肝心のコスプレイヤーから嫌われてしまう可能性もある。諸刃の剣といえよう。

こうしてリアルで楽しんでいる間にも、ネットではすでに愛歌たちのコスプレへの反響が渦を巻くように激しく駆け巡っているのである……。

「朱月さん！　ほのかさん！」愛歌が嬉しそうな声をあげる。

緋雨朱月――露出系のコスプレで人気を博し、近頃ではグラビア雑誌に載ったこともある有名セクシーコスプレイヤーだ。

はんなりほのか――刺繍とハンドクラフトに病的なこだわりを持ち、手の込みまくった和装コスプレでマニアから高い評価を得ている、創作系コスプレイヤーの頂点だ。

愛歌は昔からこの二人に懐いているのだった。

朱月とほのかは栞と顔を合わせると、すぐに名刺を差し出した。

「あの、私、そういうのまだ準備がなくて……」

新人の栞は萎縮してしまう。

朱月は豪快に笑い飛ばした。

「知ってる知ってる！　カメコから聞いたよーっ！　やべー新人がいるって！　蒼くんの専属コスプレイヤーだから名刺がないんでしょお!?　エッチじゃん！」

何もエッチなことはないのだが……。

一方でほのかは、栞の衣装にさっと視線を巡らして、「……へえ」と呟（つぶや）いた。

それから蒼に意味深な流し目を向ける。

「ふふ、いったいどういった関係なのかしら……？」

蒼は思わず目を逸（そ）らした。

彼女ほどのコスプレイヤーなら、蒼が作った衣装だと見抜けても不思議ではない……。

「見て見て、お兄ちゃんの衣装！　これね、私が作ったの！」

愛歌が二人のお姉さんの袖を引く。

「え、マジ⁉　すごいじゃん！　初めてでこれとかマナマナ天才じゃん！」

「しかしシルエットに乱れがありますね。それに縫製が……」

朱月は手放しに絶賛し、ほのかは初心者に大人げないほどガチな指摘をする。

それから二人は蒼に向き直った。

「これで蒼くんもコスプレイヤーとして、あたしたちの仲間入りだね！」

「歓迎しますわ……こちら側の領域（セカイ）にようこそ」

朱月がバンバンと肩を、ほのかがポンポンと背中を叩（たた）いてくる。

「ね、アフター今回も行くよね」

愛歌が二人に問いかけた。

「もち行くでしょ！」「ご一緒させていただきますわ」

イベント後はこの二人と打ち上げに行くのが定番となっていた。

「ほら、お兄ちゃんも」

「ああ」と、蒼も頷いた。

蒼は……自分が作った衣装をはんなりほのかに認められることを密かな目標としていた時期がある。彼女の確かな審美眼は、蒼の師匠とも呼べるものだった。

愛歌の方も……セクシーコスプレイヤー緋雨朱月から、写真を通じて滲み出る色気のようなものを学習していた……ような節がある。

コスプレイヤー・マナマナにとって、この二人は極めて重要な友人なのだ。

しかし今日はどうしたものか……。蒼は栞の方を振り返った。

「私は、一人で帰るね。今日は一人で勝手に来ただけだし……」

栞はそう言って一歩しりぞき、微笑んだ。

このようにして、蒼たちのコス・フリーは終演したのである。

◇

ネットでの盛り上がりをウオッチしながら女性陣が多いに盛り上がり……、
家に帰ってきたのは、夜の九時を過ぎた頃だった。

「疲れたな……。今日はとっとと風呂入って寝よう」

蒼は風呂焚きボタンだけ押してから、リビングのソファにぐったりと身を沈み込ませた。

愛歌もぴょいっと蒼の隣に飛び込むように座った。

「お兄ちゃん、いつもよりチヤホヤされて楽しそうだったね」

蒼がコスプレイヤーとしてデビューしたせいか、朱月とほのかとの距離がいつもより近かったのである。

壁がひとつ取り払われた感覚が、確かにあった。

「そりゃチヤホヤされたら嬉しいさ。二人とも美人だし」

「でもあの二人は……お兄ちゃんに深入りすることはないよ」

「そりゃそうだろ。脈があるとか思ってるわけじゃない。……でも、どうして？」

「だって二人とも、私とお兄ちゃんが血が繋がってないことを知ってるもん」

その物言いに、蒼は何かゾクッとしたものを感じた。

「義理の妹と二人暮らししてる男を好きになろうとする女子なんていないよ」

それはそうかもしれない。

少なくとも積極的に仲良くなろうとしないだろう。

愛歌は顔をぐっと迫らせた。

「お兄ちゃん、私と血が繋がってないことあの人に伝えてないの、どうして？」

あの人──もちろん栞のことに違いない。

「別に……話す機会がなかっただけだよ」

「そんなの不自然でしょ。衣装を作ってあげるほど仲が良いのに」

「……よく見ただけで気づいたな」

「気づくよ。何年もずっとお兄ちゃんの衣装に袖を通してきたんだもん」

ほのかさんほどのコスプレイヤーになら見抜かれてもしょうがないと思っていたが……。

少し愛歌のことを見くびっていたらしい。

「どうして私とのこと隠してるの？　後ろめたいことがあるから……？」

──恋人に妹が義理であることを隠すのは、後ろめたいことだろうか？

蒼は答えあぐねた。

誤魔化しは通じそうにない。どう答えを取り繕っても、愛歌は見抜いてしまう気がした。

……そういう圧力のある女の眼で、見つめられていた。

「おまえに責められるいわれはないだろ」

そう言ってから、蒼は自分が責められているわけではないことに気づいた。

しゃくりあげるのを耐えるように愛歌の唇が歪み、大きな瞳が、涙で潤んだからだ。

「お兄ちゃんが私の専属じゃなくなるの、やだよお……」

……別に俺はもともとおまえのものだったわけじゃない。蒼はそう思う。

恋人を作るなんて夢にも見たことはなかったけど、ああして告白をされたらつきあうことに何の足枷も感じていなかった。

それでも愛歌を独りにするというつもりではない。

だって家族なのだから。

たとえ高校生活で、いろいろ変わることがあったとしても……。

「大丈夫だよ。約束しただろ……俺は愛歌とずっと一緒だって」

蒼は愛歌をぎゅっと抱き締めてやった。異性の身体に触れるという意識は一切なく、彼女の孤独を少しでも和らげてやりたいという一心で。

「俺も愛歌に救われたんだよ」

「お兄ちゃんも……？」

「母さんが死んで、毎日寂しくて泣いてたところに愛歌がうちに来たんだ。自分よりひどい境遇の子が妹になったら、もう寂しいなんて言って泣くわけにはいかないよな。おまえが来てからは、寂しいなんて思ったことなかったよ」

「愛歌も……お兄ちゃんの妹になってから……寂しくなくなったよ」

蒼の胸に抱かれて、愛歌が声を漏らす。

「一緒に遊んでくれて、コスプレもしてくれて……」

「おまえに好かれたくて必死だったからな。そうしているうちに、俺も魔法少女アニメやコスプレが好きになって、おまえのこともっと好きになっていったんだ。そうやって俺たちは家族になった。そうだろ？」

「……」

蒼の腕の中で、愛歌のか細い身体がぴくっと震えた。

「だから俺たちはずっと一緒だよ。何があっても、これからもずっと」

「だったら……」

それはか細く小さな声だったが、蒼ははっきりと聞き取った。

「だったら私を恋人にすればいいじゃん」

蒼は返答に困った。その困惑は、奇妙な胸のざわめきを伴っていた。

蒼はその感情の正体について深く斟酌(しんしゃく)せず、笑い飛ばすことを選んだ。

「そんなの無理だよ、家族なんだから。お互いそんな目で見られないだろ」

「昔、お兄ちゃんそういう目で見てたじゃん」

「そういう目でなんて、もう見れないよ。寂しいからって、そういうこと言うな」

思春期の厄介な性の目覚め――そういうものは、すでに乗り越えたはずだ。

――そのとき、風呂が沸いたことを報(しら)せるメロディが聞こえてきた。

場違いなほど明るい電子音。

幼い頃から聞き続けているメロディは、蒼の胸に安心感を呼び起こした。

……愛歌はちょっと情緒不安定になっているだけに違いない。

「風呂入ってこいよ。そうしたらスッキリするから」

「お兄ちゃんが先に入って」

蒼は愛歌をこのままソファに残して行くことに躊躇いを覚えた。

しかしいつまでも抱き締めているわけにもいかず、立ち上がって、風呂へと向かった。

愛歌はソファに横座りしたまま俯いていて、何も言わなかった。

リビングで独りになって、愛歌は潤んだままの両目をゴシゴシと擦った。

泣いてしまったことが、情けない。

「……嘘つき」

独りになってから、ぽつりと呟く。

――そういう目でなんて、もう見れないよ。

先ほどの義兄の言葉に、嘘が含まれていることを愛歌は知っていた。

ファインダー越しの視線を通じて、その嘘にずっと昔から気づいていた。

八章　変身

コス・フリーの反響は、瞬く間にコスプレ界を席巻した。

アップロードされる画像に無限にスクロールできそうなほどコメントが集まっていく。

『マナマナ超かわいい……。〈コスプレ界の妖精〉は伊達じゃないな』

『これは完全にダークルナ。マナマナはキャラ再現の演技が最高』

『かわいいとか言ってるやつはニワカ。……このJCえっちすぎない？　ポリス来ない？』

『相変わらず良い衣装を仕上げてくるな……』

『でも衣装作ってるのは兄の方だぞ』

『なんだチンポで縫った服かよ……』

『なんにせよかわいい』

『わからせたい』

同時に〈しおしお〉という新人にも注目が集まっていった。

『このしおしおってのもいいじゃん』

『男の俺より背高そう……てか顔小さっ！　手足長っ！　頭身いくつだこれ？』

『何者だ？　本来コスプレしてちゃいけない人がコスプレしてる感じ』

『だが清潔すぎるというか、滲み出るエロスが足りない』

『この子、マナマナ兄の専属コスプレイヤーらしいぞ』

『専属コスプレイヤー……？　なんだそのドエロいフレーズは……』

『それって彼氏なんじゃないのか？　マナマナというものがありながら……』

『レイヤーに彼氏がいようと関係ないだろ！　目を覚ませ！　俺たちは良いコスプレ写真が撮りたくて腕を磨いてるんだ。モテたくて写真を撮ってるわけじゃない……だろ？』

『雑な綺麗ごとでマウントとってんじゃねぇぞハゲ。モテたいに決まってんだろ』

『モテたい』


さらに合わせ撮影で一緒に写っている蒼にまで、注目が集まった。


『こいつがマナマナの兄でしおの彼氏（？）か……』

『ルナとステラの二股とか、リアルエーデルバルド長官じゃないか……』

『死ね（直球）』

『でも実際に会って話したことあるけど、真面目そうで良い子だったぞ』

『俺がどれだけカメラの腕を磨いても、良い思いなんてしたことなんてないのに……』
『俺もチンポで服を縫う練習してくる』
『おまえらが今から頑張ってもマナマナレベルの衣装なんて無理だろ』
『俺たちは写真の腕を磨くしかないんだ……』

インターネットが綺麗な世界でないことは十分承知だが……。
美少女二人に挟まれた蒼のコスプレへの評判は、いろんな意味でひどかった。
もちろんことさらガッカリするようなことではない。
もとより自分は主人公になろうなどとしていない。
陰の世界の引き立て役――ずっと昔から、それで満足しているのだ。

……俺は愛歌(まなか)を輝かせ、星乃(ほしの)さんを支えることができればいい。
二人に並び立つような存在に、なることはできない。

◇

「それじゃあ、行ってくる」

放課後、蒼は直也たちにそう言ってから、裁縫室へと向かう。

「おう、おまえがいなくても俺たちは二人でよろしくやってるぜ」

「でも、つらくなったらいつでも戻ってきていいんだよ」

直也と称徳はそう言って手を振る。

いつでも戻ってきていいんだよ。ふざけて言っているに違いないけど……。

人間関係で何があっても戻ってこられるという同性の友達の存在は、いわば安全地帯のように心強いものだと蒼は密かに思った。

蒼と栞は一緒にいるところを見られないように、別々のタイミングで裁縫室に向かう。

放課後も、昼休みにご飯を食べるときもだ。

それは栞との関係を隠したいという蒼側の都合だった。

栞はコソコソとせず、堂々とイチャイチャしたいと思っているに違いない。

しかしそうすることで起こる周囲との摩擦――、

『あいつなんかがどうして』だとか、『釣り合っていない』だとかといった視線や声に晒されるのが、蒼にはどうしても鬱陶しく……恐ろしく感じるのだ。

バカにされるぐらいなら、別に構わないけれど……。

——蒼がそんな漠然とした予感を抱いている、矢先のことだった。

「おい、ちょっと待てよ」

廊下の行く手に、道を塞ぐように二人の男子生徒が現れた。

同時に背後からも、逃げ道を塞ぐように男子生徒が二人現れる。

あっという間に、蒼は四人に囲まれてしまった。

他に誰もいない。

裁縫室のある〈特別教室校舎〉は、放課後になるとひと気がほとんどなくなる。そこへと向かう渡り廊下での出来事だった。

つまり待ち伏せされていたということだ。

「おまえが月ケ瀬(つきがせ)蒼か？　……チッ！」

男の一人が無遠慮に蒼を見回して、舌打ちをした。

「話には聞いてたけど……本当にただの陰キャじゃねえか。床屋で切ったみたいな髪形だし、デブではないけど、だせえ制服だし。……チッ」

いきなりオシャレマウントバトルを仕掛けられて、蒼はうんざりとした。

「誰ですか、あんたらは」

相手が先輩かもしれないから、中途半端(ちゅうとはんぱ)な敬語で問いかける。

男たちは「ハァ⁉」と目を剝(む)いた。

「俺たちを知らないってのかよ⁉」

「全然知らない。誰も知らない」

蒼が即答すると、男たちは「マジかよ」とか「ざっけんな、こいつ」とかと苛立(いらだ)ちの声を漏らし、それから言った。

「俺はこの学校の〈王子(プリンス)〉だぞ！」

「俺は〈サッカー部の統率者(カリスマ)〉！」

「〈陸上部の天馬(ペガサス)〉！」

「俺は〈校舎裏の堕天使(ルシファー)〉……」

——噂(うわさ)には聞いたことがある、新聞部によって大仰な異名をつけられた、我が校の名物的なイケメンたちだ。蒼は噴き出しそうになった。

「……おまえ、なんで笑いを堪(こら)えてるんだよ」

王子(プリンス)がにらんでくる。

いや、不意討ちでそんなん名乗られたら笑うだろ……。

王子(プリンス)はガッと蒼の顎をつかんで睨(にら)みあげた。

「……おまえさ、星乃栞とつきあってんのかよ」

顎をギリギリと締め付けながら、詰問(きつもん)してくる。

蒼の胸に、今さら恐怖が湧き上がってきた。上級生に、絡(から)まれているのだ。

「……付き合ってないよ。一方的に呼び出されるだけだ。遊ばれてるんだよ」

「でも、いつも特別教室のどっかで一緒にメシ食ってるんだろ？」

「……まあね」

王子は「チッ」と舌打ちをしてから、蒼を突き飛ばした。

「……ツラを拝むだけのつもりだったけど、イライラしてきたな。よりにもよってこんな腑抜(ふぬ)けたオタクとはよ」

王子がじろじろと蒼を睨(ね)めつけてくる。

まるで暴力を振るう口実を探しているかのようだった。

王子の着ている服は、すべてが高級ブランド品だと蒼の目にもわかった。

……見るからに高級な生地感、何を考えているのかさっぱりわからないデザイン。

「俺たちを知らないってことは〈学校新聞〉読んでないんだろ？」

サッカー部の統率者(カリスマ)が前に出て言った。

カリスマはやたら大きなパーカーに、ジャージみたいなズボンを穿いたスポーティーなファッションだった。至るところに、ブランド名がこれ見よがしに輝いている。

なぜか腕時計を左右の両手首につけていた。

「学校新聞？」

新聞とは言うが、アナログではない。

新聞部が定期的に更新しているウェブサイトのことだ。

細々とした学校行事にまつわる記事が中心だが、もっとも人気なのは〈陽峰スクールスナップ！〉という企画で、学校内のオシャレ生徒を写真付きで紹介している。

〈氷の女帝〉だとか〈王子〉といった大袈裟なあだ名は、そこで生み出されているのだ。

「女帝が特別教室校舎に足繁く通って何者かと逢瀬を重ねているってのはとっくに知れ渡ってるんだぜ」

……プライバシーもなにもあったもんじゃないな、この学校。

「俺たちがどれだけ声をかけても、返事すらもらえなかった女帝と……おまえみたいなのが仲良くなるなんて、俺たちの面子が丸つぶれだよなあ？」

陸上部の天馬が、威圧的に蒼を睨んだ。

ペガサスは胸元がやたら大きく開いたシャツにキザな黒いジャケットを着て、首にスカーフを巻いていた。初夏の屋内でスカーフを巻く意味が、蒼にはまったく理解できない。

「おまえさ……俺たちの面子を潰したってことちゃんと自覚してるのかよ?」

校舎裏の堕天使(ルシファー)が、首に組みついてきた。

ルシファーは細身の真っ黒い服に身を包み、胸元と手首にワンポイントのシルバーアクセサリーを輝かせていた。

細身の黒いジーパンはパツパツで、太股(ふともも)がまるでハムのようだと蒼は思った。

「何が面子だよ、ばかばかしい。同じただの高校生だろ」

胸に奇妙な反抗心が湧いて、蒼は言った。

「……んだとぉ?」

ルシファーが耳元で唸(うな)った。首に巻き付く腕の力が、ぎゅっと強まった。

「おまえらの面子なんて知るかよ。どうして星乃さんと仲良くするのに、見知らぬ他人に配慮してやらなきゃいけないんだよ。服に金をかけて内輪ネタみたいな新聞で有名人だからって、偉そうにするな。そんなん何も中身が伴ってないだろ」

こいつらは、自分がこれまでの人生で嫌悪(けんお)し続けた閉塞感そのものだ。

同世代の少年少女を教室に閉じ込めたときに生じるしがらみ、透明な鎖、スクールカースト――そういうものの化身みたいな奴らだ。

「なかなか主張するじゃねーか、陰キャのくせに」

感心したかのように、王子が目を見開いた。

「ルシファー、放してやれよ。確かに暴力を振るう筋合いまでは俺たちにはない」

ルシファーは「チッ」と舌打ちしてから、蒼から身を離した。

蒼はほっと安堵を感じた。

王子が試すような視線を向けてきた。

「でも俺たちの面子に中身は伴ってるだろ？　事実としておまえはダサい陰キャだ」

「それがおまえらに行動を指図されるほど悪いことかよ」

「先輩なんだから、敬語を使えよ。……人と人の関係やコミュニケーションが、見た目の第一印象に大きく左右されるのは当たり前のことだろ？　人間の本能っつってもいい」

王子は思いがけず理性的な口調で理論を展開した。

「だったら見た目を良くしようとするのは当然の努力だろ？　そしておまえら陰キャは『人に好かれるための最低限の努力』を怠ってるクズだろ？　『私は他人に好かれる気がありません』って自己紹介してるようなもんだ。そんな奴、社会不適合者だろ。周りに強制されてないから、やらなくていい、なんていうのは勘違いなんだよ。そういうバカが、社会人になってスーツを強制されるようになるまでずっと外見に無頓着・無神経なままでいる。俺はオシャレが好きだ。だからそういうのが大嫌いだし見下してもいる」

——一理ある、と蒼は思った。

自分は眉毛も弄らずにデートに出かけて、後悔したような男なのだ。しかし。

「勝手に見下すなよ。おまえらはファッションが好きだって口では言っても、そのファッションをマウントの道具にしてるだけじゃないか。バカにする口実ばかりいつも探しやがって……。おまえらより星乃さんの方が、もっと純粋にファッションを愛しているよ」

デートのとき、栞はファッションで一緒にいる人を楽しませることを教えてくれた。

「それじゃあおまえは見下されるに値しないご立派な人間だってのか？」

カリスマが横から口を挟んだ。

「外見で見下すな？　そんな誇らしい内面してんの？　中身を語ったら俺はサッカー部のエースだぜ。おまえはどんな人間なのか、ここで自己紹介できんのかよ、オタク！」

——俺は日本一のコスプレイヤー『マナマナ』だ！

——輝いているのは愛歌で、俺は裏方だけど……。

……そう叫びたかったが、叫べなかった。

カラオケで好きなアニソンも歌えないような……そういう『透明な圧力』に、蒼はこれまでの人生で屈し続けてきたのだ。

小学生の頃、裁縫コンテストに出てクラスメイトたちから笑われた。

自分の優れているところを、証明したつもりだったのに。

……どうして俺の人生は、誇らしいものではなく嘲笑われるものなのだろう。

……大好きな愛歌を喜ばせるためにコスプレを愛してしまったから？

そんなふうには思いたくない。絶対に。

……でもそんな自分に、尊敬の目を向けてくれる人もいた。

星乃さんは、裁縫コンテストに出ていた当時の俺に、密かに憧れ続けてきてくれたんだ。

それはなんて尊いことだろう。

「……おまえらに内面を認められたいなんて思わないから、言わない」

蒼は振り絞るような声で、そう言った。

王子が苦笑いした。「おい、それは開き直りじゃないか？」

「相手を選ぶのだって俺の権利だろ。星乃さんとはそれで仲良くなったんだ」

「へっ。おまえみたいなオタクが星乃栞に相応しいわけねぇーだろ」

カリスマが顔を寄せつけて言った。

「それを決めるのはおまえらでも、カーストでも何でもないだろ！」

蒼は視線を持ち上げてカリスマを睨んだ。カリスマはたじろぐように、顔を引かせた。

そのときだった。


「あおくんっ！」


背後から声がした。

振り返ると、渡り廊下の教室側から栞がやってきていた。

「あおくん、だと……？」

「んだよ、その呼び方……っ！」

親しげな言葉に、王子（プリンス）やカリスマたちが気色ばむ。

……彼女に心配をかけたくなかったが……、
たとえタイミングをずらしていても、向かう先は同じなのだ。

蒼が足止めをされれば、こうして行き合うことになる。

「星乃さんっ！」と、王子が大声で呼びかけた。

蒼ではない『男』の返事に、栞がびくっと立ち止まる。

「初めて君の声を聞いた気がするね。誤解しないで欲しい！　彼に何かしようとしているわけではないんだ！　俺たちを袖にし続けた君が仲良くしている男がいると聞いて、どんな奴だろうと顔を見に来ただけさ！」

——王子のその呼びかけに、返事はない。

栞の表情がみるみるうちに強ばっていく。

『氷の女帝』と周囲から呼ばれている顔……しかしその実態は、凍り付いているだけだ。

……男たちの注意を、こちらに向けねばならない。

そう思って、蒼は怒鳴った。

「いい加減にしろよ！　おまえらはけっきょく選ばれなかったんだろ！　もう振られたんだから未練がましくつきまとってくるな！　引っ込んでろ！」

四人は一斉に蒼に向き直った。

まるで『俺の所有物だから手を出すな』と彼氏の立場で主張するかのような蒼の言葉。

みんな一様に、驚きと怒りを表情に浮かべていた。

「てめえっ！」と怒鳴ったルシファーを、王子が片腕で制した。

……男性恐怖症の星乃さんから、俺に注意を移すことができた。

そう思ったからこその勇気で、蒼はさらに怒鳴った。

「さっきからうだうだとイチャモンつけてきたけど、要するに俺に憂さ晴らしをしたいだけだろ！　全部負け犬の遠吠えじゃねえかっ！」

王子は表情に燃えさかるような怒りをたたえながら……にやりと笑った。

「ああ、その通りだよ。本当は腹いせにぶん殴ってやりたかったんだけどな。だけどそこまで言われて、星乃さんの前でそんなことをしたら、ますます負け犬だ」

王子は他の三人に「もう帰ろうぜ」と呼びかけた。

男たちは互いに頷き合う。

彼らが何をしに来たのかと言えば……マジでそういうことだったのだろう。

——蒼が抵抗せず、栞がやってこなかったら、本当に殴られていたかもしれない。

四人組のイケメンたちはぞろぞろと蒼の横を通り過ぎていく。

「意外と根性があるじゃん、オタク」

論争にあまり参加していなかったペガサスが、すれ違いざまにそう言った。

蒼はその場にへたり込みそうになった。

◇

「あおくんっ！」

渡り廊下の真ん中で、気力を使い果たしたように俯（うつむ）く蒼に、琹が駆け寄った。

「……正直、あいつらの言うとおりだよ」

蒼はぽつりと呟（つぶや）いた。

「星乃さんはカーストのてっぺんだから気にしないかもしれないけど……俺はカーストの底辺の陰キャなんだ。星乃さんがどう思おうと、傍（はた）から見たら絶対に釣り合ってない。だから俺たちが堂々と付き合おうとしたら、ああいうやっかみや嫉妬が、弱者の俺に向けられることになる……」

――そういうものと立ち向かうのが、蒼は怖くて怖くて仕方ないのだ。

あいつらは俺がコスプレイヤーだという弱点を知ったら、そこを攻めてくるかもしれない。そうしたら、俺の大事な世界が、愛歌との聖域が、侵されることになる……。

彼氏として男性恐怖症の星乃さんを支える……そう宣言したやつが、こんなことを考えていてはいけないに違いない。

しかし考えずにいられない。

……やはり俺は彼女に相応しくないのではないか？

……俺は何一つ反論できておらず、王子(プリンス)の言うことが正しかったのではないか？

「……あおくん。そんなふうに、思ったんだ……」

栞の声がやけに遠くに聞こえた――そう感じるほど蒼の心は沈み込んでいた。

どこまでも深く沈もうとする蒼を繋(つな)ぎ止めようとするように、不意に、蒼の両手がつかまれ、引き寄せられた。

初めて感じるような体温に、蒼は驚き、思わず顔を持ち上げた。

栞が蒼の両手を、つかんでいた。

「じゃああおくんも、変わろうよ」

「えっ……」

蒼は問い返した。驚きは、栞の行動すべてに対するものだった。

栞は顔面蒼白になり、震えながら蒼の手をつかんでいる。

男性恐怖症のはずなのに。

「今の自分が少しでも嫌だったら……変わればいいんだよ。私はそうやって救われたんだもん。あおくんだって変われるよ」

変わる——思いもかけない言葉だった。

直也と違って、これまでの人生で変わろうなんて一度も思ったことがなかった。

あいつみたいな努力を、一切しようとせずに生きてきた。

「変わるなんて……急には無理だよ……」

蒼は萎れるように言う。しかし栞は強く熱い手で握りしめてきた。

「変われるよ。あおくんは本当は、すごい人だもん。私のことを変身させてくれた、すごい人。あなたほどのコスプレイヤーが、変身できないわけない」

変身——変身ではない変身。

栞はまるで蒼を自分の世界に引き寄せるように、言った。

「……今日これから一日の時間を、私に預けてくれないかな？　あなたのことを信じる私を、信じてよ。変わることが私にとって救いだったの。……あおくんも変わろうよ」

——最初に連れてこられたのは、小さな美容室だった。
床屋ではなく、美容室。
……知識としては男も美容室に行くことを知っている。
しかしその外観を見ていると、どう見ても女性向けとしか思えない。
自分から立ち入ろうなどとは考えたこともなかった場所だ。
しかもほんの一人か二人で営業してそうな、隠れ家的なサロンだった。
栞に手を引かれて踏み込むと、そこにはめくるめくオシャレ空間が広がっていた。
「本日はどうなさいますか？」
椅子に腰掛けさせられて、綺麗なお姉さんにそう問いかけられる。

しかし返答の準備などあるはずがなかった。

ヘアスタイルの名前なんて知らないし、なりたい自分の理想像もない。

なぜこんなことになったのか、未だに戸惑っている状態だ。

「大丈夫だよ、あおくんっ！　レミさんは凄腕だから任せちゃっても！」

横から保護者のように栞が励ましてくれる。

「私が脱オタを始めた最初の一歩を、一緒に踏み出してくれた人なんだよ！」

栞がそう言うと、レミさんとやらはくすくすと微笑んだ。

「そういうことでしたら、私にお任せ頂いてよろしいですか？」

お任せという言葉に、蒼はたじろいだ。

「いえ……全部お任せっていうのは怖いんですけど」

「では無難な感じで、マッシュショートかツーブロックはいかがでしょう」

雑誌のようなものを手渡され、レミさんがページをめくってみせた。

ヘアーカタログ……というやつだろう。

マッシュショートという項目に、何種類もの写真が連なっていた。それはいかにも爽やかなイケメンといった、オーソドックスな髪形だった。

次にツーブロックという項目に移る。こちらは側頭部を短く刈り込み、髪の毛の上部分を残した髪形だった。こういう髪形も、確かによく見かける……。

「でも、このツーブロックは無難ではないでしょ……」

「そうですか？　極端にしすぎなければとても男性的で爽やかになりますよ」

「あおくんならどっちも似合うと思うよ！」

蒼はうーん……と唸った。写真のイケメンたちのどの髪形を見ても、まるで他人事のようにしか思えない。自分が同じ髪形になった姿が、まったく想像つかない。

「別にコレ通りには絶対にならないし、しないんですよ」

レミさんが言う。蒼は「え？」と声をあげた。

「それじゃあ、何のために？」

「みんな人それぞれ、顔の形も頭の形も髪質も違いますから、同じになるわけないんです。こうしてカタログを見て頂くのは、大雑把なイメージを共有するためです」

「大雑把なイメージですか……」

蒼はカタログにチラリと視線を走らせた。

しかし自分の感じているイメージを、どう言葉にすればいいか迷った。

レミさんはその一瞬の視線の巡りを読みきって、切り出した。

「オラついた感じは苦手そうですね。それでは襟足をすっきりさせて清潔感を出した、短めのマッシュショートでいかがでしょう？」

それは『これはいいかも』『こっちは嫌だな……』という漠然とした、理由を言語化できない蒼の感覚を、そのまままとめ上げたかのような提案だった。

視線と表情の変化だけで、そのすべてを読み取った。そういうことだろう。

この人はコミュニケーションのプロでもあるのだ。

「あおくんなら似合うと思うよ！」

栞も横からそう言うので、蒼は「じゃあそれで」とお願いした。

「カラーはいかがですか？」

「えっ⁉　髪を染めるなんて、そこまでしなくても……」

「お客様は髪の毛の量が多いから、透明感のある色を入れると軽さが出せます」

蒼は鏡に映る自分を見た。そこには確かにどんよりと重たい黒髪があり、もしかしたら自分の趣味や人間性以上にオタクっぽさを生んでいるのかもしれないと思った。

変わりたいと思ったことなどなかった。

しかし自己嫌悪を抱いていたのも事実だった。

「もちろんカットだけでも軽くできますがね」

「どうせならガラッと変えてみた方が面白いよ！」

栞が言う。自然と彼女の黒髪に目が向いた。

初対面の頃から、不思議なぐらいに重さを感じないと思っていた黒髪ロングだった。

良く見ると、その黒にはうっすらとアッシュカラーが入っていた。

「じゃあ、それで……」

「あ、あと眉カットもお願いします！」と栞が付け足した。

「何ならシェービングもできますよ。理容師免許も持ってて、認定を受けてますから」

なんだかよくわからないが、もうこの人にすべて任せようと蒼は思った。

そして施術がはじまった――。

――二時間弱で、蒼の髪形は別人のように仕上がった。
別人といっても、コスプレでの過剰な化粧と比べたら大人しいものだが……。
しかしこれは紛れもなく自分の顔なのだ。誰かの顔を演じようとしているわけではない。
「似合わないと最初は感じるかもしれませんが、お似合いですよ。眼鏡を買うときなども
そうですが、人は自分の顔が見慣れないものに変わると違和感を抱きます。それを似合っ
ていないと誤解してしまいがちなんです」
レミさんはそう言うが、蒼は初見ではっきりと『良くなった』と感じていた。

「あおくんがそこを見極められないわけないよ。だって何年もコスプレ専門のスタイリストやってきたんだから、顔の変化を見極める『審美眼』は確かだもん」

栞はそう言いながら財布を出した。

「相変わらず良い腕だ。満足したぜ」

「まいどまいど、また来てちょんまげ」

仕事が終わった途端に相好を崩すような言葉使いで、レミさんがお金を受け取る。

「星乃さん、お金は俺が……」

「いいのいいの、今日は私に任せて。それじゃあ次の店に行こっ！」

栞は蒼の手をぎゅっと握りしめ、引きずるようにして次の目的地に向かった。

次に連れてこられたのは、やはりというべきか、服屋だった。
「ここは古着も新品も扱ってるセレクトショップ。古着なら安いからね」
と、栞が言った。……セレクトショップ？
「いろんなブランドの服や古着を、お店の人が独自に選んで売ってるお店だよ。でかいセレクトショップだと自前で服を生産して売ってたりもするけど、ここは純粋にセレクト品だけを取り扱ってるお店。つまり店員さんの個性とセンスが出てる店ってこと」

雰囲気が合うか合わないかがすべての個性派ショップってことか。

知ってるブランドが何もないという人がぶらりと入るのには適しているかもしれない。

「あーっ！　いらっしゃい、しおちゃんっ！」

店内に入ると、すぐに店員らしき背の低い女性がトコトコと駆け寄ってきた。

「こんにちわ、リコさん」

「しおちゃんにモデルしてもらった商品、すごく評判だよーっ！　しおちゃんはもう一生社割価格で売ってあげるーっ」

「えへへ、それを目当てで来ました」

ぱっと見は同世代か、下手したら中学生に見える店員だった。声も舌っ足らずで、顔つきも幼い。しかしぎょっとするほど、顔に大量のピアスをつけていた。

だけどものすごく人懐っこい笑顔を、蒼の方に向けてくる。

「こっちの男の子は友達ーっ？　それとも彼氏ーっ？」

「想像にお任せします、えへへっ」

栞はそう笑って誤魔化してから、蒼に向き直った。「それじゃあ選ぼうっ！」

選ぼう、と言われても、蒼は途方に暮れてしまった。

思わずすがるように栞に視線を向けると、栞は笑顔で首を振った。

「私、メンズファッションわかんない」

「……ええーっ」

「大丈夫だーっ。少年、お姉さんに任せろーっ」

不意に蒼と栞の間に、リコさんがにゅっと割って入る。

「少年はアレかーっ。服とか全然わかんないタイプかーっ？　じゃあ教えてやろう。ファッションとは『形式』と『破壊』だーっ！」

「形式と破壊……？」

「服装ってのはもともと厳格なルールに基づくものだろーっ。貴族だけが着ていい服。特定の職業の人が着る服。結婚式や葬式のときに着る服。君の着てる制服もそうだっ」

蒼は頷いた。

それはセンスや感覚の話ではないから、すんなりと理解できた。

「でもそういうルールに対する反発ってのが必ず生まれる。身分制度を打倒したい、自由を求めたい、個性を叫びたい……そういう破壊への衝動がメンズファッションだーっ！」

　リコさんはそこで、わざとらしく蒼の身格好を上から下まで見回した。

「そして君の制服姿は美しいっ。だから君は自覚はないかもしれないけど『形式』はすでに完璧だっ。でも『破壊』がわからないわけだっ……」

「破壊……。そりゃあ俺はルールを壊したいような衝動なんてないし」

「それはたぶん自己を封じ込めてるだけさ。だって形式にすっぽり収まって、そこから何もハミでない人間なんているはずないからねっ」

　それは当然……そのはずだ。

「そこはほれ、要するに何が好きかって話だよっ。君はそれを主張するのを恥ずかしがっている。どうせならそういう殻、捨てちまおうぜっ。ほらほら、たとえばこういう服、男の子なら好きでしょーっ？　ミリタリーのM65とかモッズコートとか、アウトドアのマウンテンパーカーとか、レザージャケットとかーっ」

　リコさんがそこいらの売り場から次々と服を取り出しては広げてみせる。

　M65というのは──ダークステラの軍服風の衣装を作っていたときに調べていて見覚えのあるような服だった。

　他の服も、似たようなのを着たアニメキャラがいた覚えがある。

　それらは確かにオタクの蒼でもかっこいいと思えるものだった。

全品

——かっこいいもの、かわいいものを身につけたらテンションが上がる。

それは理解できる。だってそれは、コスプレも同じだから。

違うのはファッションの場合、目指す先が『着飾った自分』ということだ。

そこにワクワクできないのは……けっきょく自分のことが嫌いだからだろう。

しかし今日は栞に従うつもりで来たのだ……蒼はミリタリーの上着を手に取った。

「これはどう着るのが正解なんですか?」

「『正解』? M65ジャケットの着こなしの『正解』は、そりゃあ同じ1965年に米軍で採用されたカーゴパンツやコンバットブーツと合わせるのが『正解』だっ。でも……そんな格好で街を歩いてたら、怖いよねっ。ただの軍人でしかないっ」

蒼は即座に自らの失言に気づいた。

正解というのは形式の中にしかなく、ファッションはそれを破壊することなのだ。

「だからファッションっていうのは、自由にミックスさせるものなんだよっ」

蒼は栞のファッションが、いつも異なる要素をミックスさせていたのを思い出した。

だけど……何も知らない人間にとって一番困るのが『自由』ではないか。

「でもオーソドックスな考え方っていうものはある。たとえばTシャツにジーパンにスニーカーっていう格好。日本人にとって一番平凡な休日スタイルだよねっ。そこにM65を羽織ると……どうなるかなっ。ほらっ、街着として違和感のない格好になった」

リコさんは実際にアイテムを陳列台の上に並べて、それを示してみせた。

栞が口を挟んだ。「違和感なさすぎてけっきょく無個性だよね」

「そうっ。Tシャツにジーパン、あとはパーカーとかチェックシャツとか、アメカジの服はファッションにあまり興味のない人が何も考えずに選びがちだっ。だから子供っぽいとか普段着っぽいってイメージになるっ」

——そのアイテムがもつ本質とは無関係に、イメージがついてしまっている服。

ふわふわとして、不条理で、まるで偏見のような物の見方。

透明な鎖——クラスカーストでなくても、そういうものはつきまとうのだ。

「君が最初に手に取ったM65もカジュアル寄りなアイテムだしねっ。だから綺麗(きれい)で大人っぽいドレスアイテム……たとえばTシャツを襟付きの白いシャツに、スニーカーを黒い革靴に変えると、ぐっとオシャレな清潔感が出るっ！」

栞が口を挟んだ。「これも相当、無個性なスタイルだと思うけどね」

「でもこれがミックスの基本的な考え方だよーっ。このM65をマウンテンパーカーにしてもダウンジャケットにしても、それなりに成立するでしょっ」

確かに大人びた白いシャツと、カジュアルな上着の組み合わせは、気取りすぎてもおらず、雑すぎもしない、絶妙な調和を蒼にも感じさせた。

「さて、改めて少年っ。どれが好きだい？」

蒼はこの組み合わせの中で、マウンテンパーカーに惹かれた。

最初はM65が気になったが、ミリタリーの無骨なイメージは自分には似合わないかもしれない。

どちらが自分に似合うか、そう考えたとき、蒼の胸はわずかにワクっとした。

「そしてさらなる個性を生むのは、シルエットの構築と色使いだっ！　……君の今の制服姿は美しいっ！　それはサイジングが完璧だからだっ！　偉いっ！　だがそんな特徴のない『Iシルエット』をぶち壊すのもファッションの醍醐味だっ！」

リコさんはそう言うと、バカでかいサイズのマウンテンパーカーを持ってきた。さらにものすごく細いシルエットの黒いジーパンを持ってきて、組み合わせる。

「これは〈スキニー〉っていう形のジーパン。皮膚にぴったりフィットするように、ものすごく細く絞ったシルエットのジーパンだね。ストレッチ素材で作られてるから、見た目よりずっと穿き心地が良い」

――学校のやつが穿いているのを見たことがある。

「太股がパンパンでムチムチしてて、ハムみたいって思ってた」

「……まあ運動部とかで太股が太い子はそうなるかもっ。それが嫌な人には腰回りや太股は普通の太さで膝から下だけキュッと細くなる〈テーパード〉って形もあるっ。スキニーにしろテーパードにしろ、下半身をスッキリ細くみせる効果があるのだっ」

リコさんはバカでかいマウンテンパーカーとスキニーのジーパンを組み合わせてみせる。

上はものすごいボリュームで、下はスッキリとした、異様なシルエットとなった。

「こういうのを〈Yシルエット〉というっ。逆三角形には男性的で力強いイメージがあるからメンズに特にオススメだっ。また上半身に視線が誘導されるからスタイルが良く見えるっ。この視線を上半身に誘導するってテクニックもけっこう重要で、マフラーとかスカーフつけてると無条件にかっこよく見えるのはそのせい」

さらにリコさんは黒いスキニーと黒い革靴の組み合わせを指さした。

「ボトムスと靴の色を合わせると、すらっと脚が長く見える視覚効果もあるぞっ」

「それにしても……極端すぎませんか？」

蒼はちょっと落ち着かない気持ちになって言った。

それぐらい、陳列棚の上に置かれたマウンテンパーカーは異形のサイズ感だった。

ファッションは形式と破壊と、リコさんは最初に言ったが……まさしくそれは、破壊の化身のように思われた。

「それは今の流行ってのもあるっ。ちょっと前まで全身をメッチャ細いサイズで着るのが流行ってたの。その反動で今はバカでかいのが流行ってるんだねっ。でも上も下もバカでかい服を組み合わせるより、上半身か下半身のどっちかを細くしてメリハリをつけるYシルエット、あるいは〈Aシルエット〉の方が初級者向けっ」

ただしこの説明が古くさくなるときがいずれすぐに来る、とリコさんは付け加えた。

「流行の巡りって、なんだかお金の無駄でバカらしいって思ってたけど……」

「どんなオシャレも流行が過熱しすぎてみんな同じ格好をしだすと『飽和』してダサくなるからねっ。その瞬間にまた新たな『破壊』を起こす……それがファッションの最前線にいるデザイナーや服屋、オシャレ上級者の責務なのだっ！　常に変化し続けることは楽しいことなのだっ。まあ、永遠の定番服って呼ばれるものもあるけど……そこにこだわると伝統的ファッションというジャンルになるっ」

蒼はモンスターサイズのマウンテンパーカーを前にたじろいでいた。

服はジャストサイズが当たり前、と思っていた……。

「あおくんならすぐ理解できるよ」横合いから栞が口を挟んだ。

「だってカッコ良くかわいく見えるシルエット作り、よく理解してるはずだもん」

「うむっ。Yシルエットはけっこう普遍的なシルエットだぞ。なんだったら、試着してくるといいっ！　リコお姉さんのリコメンドっ！」

スキニーの黒ジーパンとバカでかいマウンテンパーカーを、まとめて押しつけてくる。

ちょうどそのとき店のドアが開き、新たな客が入ってきた。

リコさんは唐突に説明を打ち切って「いらっしゃ～いっ」とそっちに駆け寄っていく。

「面白い人でしょ」と、栞が笑った。

「うん、最初は顔中のピアスにびっくりしたけど」

「あの人、ものすごく可愛い地顔してるでしょ？　だからあえて顔にピアスつけまくって病み系メイクしてるんだって。だけどメッチャ人懐っこい性格で面倒見のいい接客をするという……二重のギャップ作りをしてるの」

イメージをコントロールする――そういうことを、オシャレな人はできるのだ。

蒼が透明な鎖と感じて恐れていたものを、逆手にとって自己演出をする……。

「店員に話しかけられるのって怖いと思ってたけど、あの人は平気だったな」

商売ッケをあまり感じなかったからだろうか。

どちらかというと、『服への愛』をひたすら押しつけられていた感がある。

「このお店、若いファッション初心者に人気なの。安い商品が集められてて、店長のリコさんがあの性格だから。……私も引きこもりだったときにここの評判をネットで見かけて、リコさんに服についていろいろ教えてもらって、ここの常連になったんだ」

「そういえば色使いについて説明してもらってない……」

「それはあおくんなら大丈夫だよ。……色彩感覚は普遍的なものだから、コスプレ衣装を作るときと同じ。あおくんが良いと思う感覚を信じれば、大丈夫っ！」


蒼は鏡の前で、渡されたコーディネートに着替え——息を呑んだ。

マウンテンパーカーはハリのある硬い生地で作られていて……身につけてもダボっとせず、重力に逆らうようにハの字形の広がりを保っている。

そのシルエットはデザイナーの計算によるものだと、蒼は感じ取っていた。

このシルエットをみせるために型紙を作り、生地の選定をしたに違いない。

ただデカいだけではない。その証拠に袖は余っておらず、手首はすっきり露出している。

パーカーだからフードがついていて、首回りに視線が誘導される。そのおかげもあって、スキニーのジーパンと組み合わせるとまさしくYの字型のシルエットとなる。

異様で奇妙な組み合わせと思ったが……実際に着ると既視感があった。

こういう、二次元キャラを見たことがある。

大きく広がるマントを身につけたキャラだとか、ローブを身につけたキャラ……。

そういうキャラのデザインは、決まって両脚がすらりと細いのだ。

なんならこういう雰囲気のコスプレ衣装を、作ったことがあるではないか。

――新しい髪形、新しい服装の自分。

そんなに悪くないじゃないかと思うのは、ナルシストだろうか？

リコさんが選んだ白いシャツは、生地がガサッとしていて厚みがあり、制服の白シャツとは違っている。小綺麗ながらもあくまで普段着という感じがする。

極端に細いスキニーだけは、これよりもテーパードというやつの方がいい気がした。

「あおくん、どう⁉」

いきなり栞が、返事も待たずに試着室のカーテンを開いた。

「おーっ、いいじゃん！　あおくんの体形と合ってる……流石(さすが)リコさんだ」

栞はそう言うと、待っている間に選んだらしい服を二着、追加で押しつけてくる。

「今度はそれ、着てみてよ！」

そう言って、一方的にカーテンを閉めた。

……追加された服は、ベージュ色のニットベストだった。

ただしやっぱり恐ろしくバカでかい。

着てみる……白シャツとニットベストの組み合わせには、優等生じみた上品さがある。

しかしニットベストはあくまでバカでかく、柔らかく厚みのある生地が茄子のような丸っこいシルエットを生み出していて、その裾から白いシャツがほどよくはみ出ている。

アイテムそのものの清潔感がだらしない印象をかき消していて、なんとも言えないゆるい脱力感が出ていた。そして下半身は細い。

こういうバランスの萌えキャラ、いるよなあ……とやはり思った。

「わーっ！　思った通りかわいい！　似合ってる‼」

いきなりカーテンが開いて、栞がそう声をあげた。

「でもこれはかわいすぎて、ちょっと気恥ずかしい……まるで萌えキャラみたいだよ」

栞はうんうんと頷いた。

「確かにビッグシルエットは一過性の流行になると思うけど……こういうシルエットに面白さや格好良さを感じる普遍的な感覚があるから、実際に流行ったんだと思うんだよね。オタクでも『こういうシルエットのキャラクター見たことある』って思うもん」

蒼も頷いた。

……それでも何も知らずにこの格好をしたら、感動などしていなかっただろう。

栞に変わろうと言われて自分の中に『変わりたい』という気持ちが少しずつ芽生え……、

リコさんから『ファッションは破壊』と説かれて……自分の感受性が変化したのだ。

閉塞感のようなものから、少しだけ解放された気分がする。

「だけど！　……服はまだ山ほどあるぜ〜っ！　クソほどあるぜ〜っ！」

栞がそう言って、店内に向けて両手を広げた。

リコさんは最低限の服の種類で限られた組み合わせを示してくれただけに過ぎない。

蒼が名前も知らないような服が、店内にはまだまだ溢れている。

――そのとき蒼の胸に、恐怖ではなくワクワク感が湧いたのだった。

マウンテンパーカーと白シャツとテーパードのスラックスを買い、着替えて、それまで着ていた制服の方を買い物袋に詰めこむ……。

そうして身なりを一新してから店を出ると、外はすっかり暗くなっていた。

愛歌に帰りが遅くなると連絡を入れていないことに、今さら気がついた。

それを忘れるぐらい、蒼は『変身』に夢中になっていたのだ。

店を出て数歩もしないうちに栞は立ち止まり、蒼に向き直った。

栞は再び蒼の手をぎゅっと握りしめた。

「……こうしないと、あおくんがどこか遠くに行っちゃうような気がして……」

放課後、ずっと蒼の手を繋いで、美容室にセレクトショップにと引きずり回していた栞だったが、その手は常に震えていた。

しかし栞はより強い感情で恐怖を押さえつけるようにして、蒼の手を握り続けていた。

「あおくんはすごい人なんだよ……。あおくんは自分で自分のことを信じられていないけど、私はあおくんのすごいところにいっぱい気づいてるもん。たとえば……あおくんって他の男子と比べてすごく肌が綺麗なんだよ？」

蒼はきょとんとした。「肌が……？」

「そう。あおくん、マナマナと比べて特別なことをしてないって思ってるでしょ。でもマナマナのために、美容の知識自体はものすごく勉強してるから。特別な努力をしてなくても肌に悪い習慣を一切してないだけですごいことなんだよ？」

確かに蒼は、美容のために努力するなんてアホらしいと思っていたが……、肌に悪いと思っていることをわざわざしたりもしなかった。

「だから私、あおくんがこうして髪を切って、眉を整えて、オシャレをしたら……絶対カッコ良くなるってわかってた。あおくんが作る衣装を見てたら、ちょっと知識を得たらすぐにオシャレになるのもわかってた。センスが良いもん」

　知識というだけの問題ではないと蒼は思った。

　オシャレというものに真っ直ぐ向き合う気持ちを持っていなかったのだ。

「前にあおくんをバイトで雇いたいって言ってたデザイン事務所のデザイナーさん、あおくんのことパターンナーとして育ててみたいって言ってた。あおくんがその気なら、本気で迎え入れるって……」

　耳を疑うような話だった。

　義妹とコスプレのために磨いた自分の技術が、プロの世界で求められている。

　ファッション——誰からも普遍に愛され、表の世界で尊敬されるような世界で……。

「私は別にあおくんの外見がカッコ良くなくても、あおくんのことをカッコいい人だと思ってるから関係ないけど……あおくんが自分で自分のことを嫌ってるのは我慢できないよ。そんな理由で、私のそばからいなくなって欲しくない……」

　ただその一心で、彼女は忌まわしい過去の鎖を一段階、乗り越えた。

　見下ろすと、栞の手は震えながら、血の気が引くように青白くなっていた。

　それでも彼女は蒼の手を放そうとしなかった。

「ずっと彼女らしいこと何もできずにいてごめんね……。でも、やっと握ることができたこの手、もう放したくない……」

自分の卑屈さが、彼女をここまで追い詰めて、不安にさせてしまったのだ。
彼女が男性恐怖症を乗り越えるまで、彼女を支えると決意したはずなのに。

「変わることが私の救いだったの。だからあおくんも、変わろうよ……」

かつて奇跡のような変身を成し遂げた少女が、そう言った。

「変われるかな……」

この格好なら堂々と、星乃栞の横に並び立つことができるだろうか。

「変われるよ。今のあおくんをダサいなんて言える人、あの学校にいないもん。だからさ……明日、この格好で学校に行こうよ」

予測してもいなかった突然の私服デビューに、蒼の胸は慄いた。
しかし今の彼女を支えるというのは、こういうことなのだ。
透明な鎖を、引きちぎる——。

蒼はありったけの勇気を振り絞り、頷いた。

「わかった、この格好で行くよ。それで星乃さんと……堂々と一緒にいる」

えへへ、と栞は笑った。

「じゃあ明日はいつもの曲がり角で待ち合わせて、一緒に学校に行こうよ。大好きな人を見せびらかしながら登校デートするの、憧れてたんだ……」

こうして彼女に手を引いてもらいながら、脱オタし、堂々と彼氏として振る舞えるメンタリティを手に入れる……。

同時に、男性恐怖症である彼女の心を支えていく……。

恋人らしいことを、手を繋ぐ以上のことは一切しないまま。

それが俺の物語なのだろう。蒼はそう思った。

このときは、そう思った。

◇

家についた頃には、すっかり夜の帳(とばり)が落ちていた。

愛歌はすでに晩ご飯を終えているだろう。

こんな時間まで連絡を入れずに帰宅が遅れることは滅多にない。

——こういうときの愛歌のリアクションは怒るか甘えるかのどちらかで、その二つは本質的には同じものだ。

つまり下手に反論や言い訳をせず、されるがままになるに限る。

そういう心構えをしながら、蒼は帰宅した。

自分の格好を見て、愛歌はどんな反応をするだろう。

まあ……、義兄の見栄(みば)えが良くなることを、悪くは思うまい。

そっとリビングに入る。

愛歌はソファに座って蒼を待っていた。

すぐさま立ち上がり、「お兄ちゃん」と振り向く。

——愛歌は御手洗(みたらい)メイのメイド服を身につけていた。そのコスプレで、遅くなった蒼を

怒るなり甘えるなりするつもりだったのかもしれないが――、
愛歌の表情が、凍り付くように強ばった。

「お兄ちゃん……何その格好……」

「けっこう良い感じだろ？」

蒼は愛歌の表情にやや面食らいつつもそう応じた。

しかし次の瞬間、耳に飛び込んできたとげとげしい言葉に狼狽えた。

「カッコ悪い！」

……遅くなったことを怒られるならともかく、栞と一緒に選んだ姿を否定されるのは心外だった。

「な、何だよ……そんなことないだろ？」

「カッコ悪いったらカッコ悪いっ！」

叫ぶようにそう言いながら、突然、愛歌が体当たりをしてきた。

咄嗟に受け止められず、疲労した足腰に踏ん張りがきかず、尻餅をついてしまう。

壁際で押し倒され、のしかかられるような体勢になってしまった。

「――あの女に選んでもらったんでしょ？」

刺すような声で言った。

愛歌の怒りは、長年の兄妹（きょうだい）の付き合いの中で見たことのない雰囲気のものだった。

「……それが、何か悪いのかよ」

「あの女に染められるお兄ちゃんなんて、嫌だよ……！」

――誰かの手で義兄が変わってしまうのが嫌……。そういうつもりか。

だけど必ずしも栞の影響がすべてというわけではない。

「俺自身が、変わることを決意したんだよ」

「変わるって、どうして？」

「オタクっぽく見られないようになろうと思って」

――堂々と、星乃さんの隣に並び立つために。

「何それ？　意味わかんない」

愛歌は憤（いきどお）りを吐き出すように言う。

こいつには理解できないのかもしれない、と蒼は思った。

他人に好かれたいなんて思わなくても愛される、天性の美貌と愛嬌（あいきょう）をもったこいつには。

愛歌はオシャレなどしない。たとえオタクであろうと誰からも陰キャ扱いされない。

だけど自分は違うのだ。

「俺はおまえと違って、コスプレをしているとオタクだ陰キャだって馬鹿にされるんだよ。小学生のときそうだった。裁縫コンテストで優勝したのに、馬鹿にされて……」

愛歌の表情に驚きが浮かぶ。

裁縫コンテストの話を愛歌にするのははじめてだった。

しかし変わろうとしている理由を問われたら、打ち明けないわけにはいかなかった。

「あれ以来、俺は俺を好きになれなくなったんだ。コスプレ衣装を作るのも、おまえをコスプレさせるのも、コスプレしたおまえも大好きだ。だけど──俺は俺が嫌いになった」

──そんな自分を、密かに肯定し、憧れてくれていたのが栞なのだ。

「お兄ちゃん……」

「だから俺は変わりたいって思ったんだよ」

「やだよ。そんなのやだ。お兄ちゃんが変わっちゃやだ！」

俺が外見を変えるぐらい俺の勝手だろ……。駄々をこねるなよ……。

もうおまえとコスプレをしないとか、そういう話じゃないんだから……。

──そんな言葉を、蒼は呑み込んだ。愛歌の、凍えるような表情を見て。

「……もう大事な人が変わっちゃうの、嫌だよ……。そういうの、安心できない。小さい頃から、ずっとそうだった……。お兄ちゃんは、やっと変わらないまま私の側にいてくれる人のはずだったのに……」

長年積み重ねた呪いを吐き出すように、愛歌は声を絞り出した。

幼い頃に両親を失い、厄介者のように親戚をたらい回しにされて育った少女――。

そういう愛歌にとって、『変化』とは呪いそのものかもしれない。

「変わらないでよ、お兄ちゃん……。変わらないことが、私の救いなの……」

愛歌が栞とまったく真逆のことを口にしていることに気づいて、震えそうになった。

愛歌の手が、蒼の頬をそっと撫でた。

「脱オタしないと幸せになれないなんて……マナマナの否定だよ。お兄ちゃんは変わる必要なんてない。お兄ちゃんに必要なのは自分を好きになることじゃん……」

変わらなければいけないわけではない……。

それはその通りだ。だけどそれができれば苦労もしない。

いったいどうすれば、今の自分を肯定できる……？

自問する蒼の頬を撫でながら、愛歌はそっと顔を寄せて――、

そっと唇を重ね合わせた。

「周りから好かれようとしなくても、お兄ちゃんには私がいるじゃん……」

唇を離して、愛歌が言った。

「……俺、彼女ができたんだ。だからこういうのは……」

「とっくに気づいてるよ。星乃栞でしょ？」

コス・フリーで、愛歌が初心者コスプレイヤーである栞に世話を焼いている姿を蒼は思い出した。蒼は安堵を覚えながら、その光景を見ていた。

あの時点で愛歌はすでに彼氏彼女だと気づいていた……。

「でもそういうの、関係ないから。大事なのは、私にこうされるのが嫌かでしょ……？」

嫌じゃない。反射的にそう思った。

昔からずっと疑問に思っていることがある――血が繋がっている実の兄妹だったら、こういうことをすると生理的な気持ち悪さや嫌悪を感じるものなのだろうか？

蒼は愛歌にそういうものを感じない。

だからこそ、愛歌をそういう目で見ないように自制し続けねばならなかったのだ。

――見つめ合う愛歌が、不意に艶っぽい微笑(ほほえ)みを浮かべた。

蒼はぞくっとした。いつもの無邪気で色気の欠けた笑顔とはまるで別人に変身していた。

「彼女なんて関係ないもん。お兄ちゃんが一番好きなのは昔も今も私だって、わかってるんだから」

独断的なまでの言い方。蒼はすぐさま抗(あらが)った。

「俺はもうおまえに異性を見るような目を向けてなんて……」

「嘘(うそ)だよ」

愛歌はばっさり切り捨てるように言った。

「だってお兄ちゃん……コスプレしてる私をカメラ越しに見るとき、いつも遠慮なく生々しい、貪(むさぼ)るような目つきをしてるじゃん」

蒼は頭が真っ白になった。

そうかもしれない、と何故(なぜ)かすんなり納得した。

「気づいてないわけないよね？　お兄ちゃんが私を写真に撮るとき……私が誘いかける演技をすると、いつもそれに応えるようにエッチな目つきになってた。コスプレをしているときだけは、お兄ちゃんは何一つ我慢をせず私を貪っていられた」

――しかし、だとすると。

「お兄ちゃんはコスプレを愛してるつもりで……ずっと私を愛し続けてたんだよ」

自分の人格の土台となっている部分が、ガラガラと崩壊していくのを感じた。
コスプレへの愛情や情熱は、蒼にとって誇りであり自負心だった。それがそっくりそのまま、兄による妹への欲情という穢（けが）らわしい、不浄なものに入れ替わってしまう。
奈落の底に落下するようなショックを覚えながら、自分の本質が、そういう薄暗いものであることに納得してもいた。

「……どうして今さら、こんなことを」

本当に今さらだ。お互いの思春期が始まって以来、お互いにそういう意識を持つまいと無言の協定を交えてこれまで暮らしてきたのに。

「俺がおまえを初めて意識したとき……おまえ、気持ち悪そうな目をしただろ」

「だってあのときは、本当に嫌だったんだもん」

それは愛歌が小五のときだ。少女としてもっとも潔癖な年頃に違いない。

膨らみかけた胸をのぞき見する兄に、嫌悪と侮蔑の感情を抱くのは当然のことだ。

蒼はそのとき小六だった。自分が穢らわしい欲望に突き動かされ、愛歌を傷つけたことを自覚して、深い自己嫌悪に沈み込んだ……。

「でも今は……別に構わないと思ってるよ」

愛歌が耳元で囁いた。

それは妹のくせに、やけに大人の女の声みたいに響いた。

「あのとき物欲しそうに見てたおっぱいも、今なら触ったって……」

愛歌は蒼の手を取り、自らのメイド服の白い胸元に滑り込ませた。初めて手のひらで触った女の子の生の乳房は、まるで極上のスイーツを噛みしめた瞬間のように痺れるほど甘く、蒼の理性を停止させた。

──小六のときに夢見てしまった義妹の肌の感触だった。

──小六のときに殺したはずの初恋が、蘇ってしまった。

もしも。もしもこの初恋が実っていたなら、俺は自分のことを嫌いになっていただろうか。

　オシャレをしてリア充に変身しようとする必要なんて感じただろうか。

　外の世界のすべてが自分を否定しようと、愛歌さえそばにいれば……。

　その瞬間――この暗い世界に愛歌と二人で籠もり続けることが幸福なのか、栞と二人で外の世界に羽ばたいていくことが幸福なのか――蒼は完全にわからなくなった。

「だけど、今の俺には彼女が……」

　蒼はその既成事実にすがることで抗った。

「大丈夫だよ、妹が甘えるのは浮気に入らないから」

　愛歌が再び顔を寄せて――キスをしてくる。今度は大人のキスだった。

　ちゅくちゅくと舌同士が音を鳴らし、愛歌の味と匂いが脳髄に広がる。

　お互いの吐息が激しくなっていく。

　胸を揉む手のひら、唇と、舌と、吐息とで、蒼と愛歌は交わった。

　物の弾みでもなく一時の気の迷いでもなく、蒼はそれを受け入れてしまった。

　リビングの照明の白い明るさが場違いに感じるほど、淫靡な時間が通り過ぎていった。

唇が離れた。愛歌の顔は真っ赤に上気している。自分も恐らくそうなのだろう。

「相手がモデルだか知らないけど、マナマナだって『収益化』が見えてるんだから……」

暗い世界の輝かしい未来を誇るように愛歌が言った。

「えへへっ。……今夜のサービスはこれでおしまい」

サービス。愛歌が妹である限り、彼女はずっと蒼の側にい続ける。そして蒼に恋人がいるのに、お構いなしにそれは押しつけられる……。

「……晩ご飯、冷蔵庫にあるから温めて食べてね！」

愛歌はそう言って、胸元を整えながらリビングから駆け去ってしまった。

……俺はコスプレを愛しながら、愛歌を愛し続けてしまっていた……。

だけど今頃それを認めてしまったら、血の繋がっていない義妹とのこの二人暮らしは、どれほど甘く危険なものとなってしまうだろう。

義妹を捨てることも、コスプレを捨てることも、自分にはできるはずがない。

取り残された蒼は、後ろめたい幸福に満ちた監獄に囚われた気持ちでいた。

――それが月ヶ瀬蒼の、もう一つの恋だった。

エピローグ　陽の世界

明くる日の朝、蒼は通学路をたどって、いつもの曲がり角で栞と待ち合わせた。

そこから手を握り、肩を寄せ合って学校に向かう。

通学路の生徒たちが、驚きの目を向けたのは言うまでもない。

その姿は誰がどう見ても、仲睦まじいカップルにしか見えなかった。

「ふふっ。私の彼氏、注目されちゃってるね」

「星乃さんが目立つせいだよ」

栞がくすりと微笑み、蒼が応じる。

「でも……ざわめきに耳を傾けてみて？」

蒼は言われたとおりに、周囲の声に耳を傾けた。

「……あおくんが私に相応しくないなんて言っている人、一人もいないよ」

「おい……誰だ、あいつ⁉」

「女帝と手を繋いでるだって⁉」

「新聞部のスナップで見たことないやつだぞ」

「……もしかしてうちのクラスの月ヶ瀬くんじゃない？」

「あ、そうかも。かろうじて判別できるレベルだけど……」

「えっ、あいつ制服の陰キャだろ⁉」

「髪も切ってオシャレしたら……全然イケてるじゃん！」

嬉しいような恥ずかしいような気持ちがこみ上げてくる。

しかしこのような感情を、誇らしさと呼ぶのかもしれない。

今の蒼の姿はビッグシルエットのマウンテンパーカーで上半身にボリュームを持たせ、大人びたテーパードスラックスと革靴で全体をバランスよくまとめ上げている。

横に並ぶ栞もマウンテンパーカーを着て、蒼とテイストを合わせていた。ショートパンツから黒タイツの美脚をすらりと伸ばし、スタイルの良さを見せつけている。

「まるでどこかのブランドの雑誌広告みたい……」と、誰かが呟いた。

「……こうして大好きな彼氏を周りに自慢するのって、女の子の夢のひとつなんだよ？」

栞が歌うように言った。

学校に近づくにつれて衆目は増えていき、校門でピークに達した。目撃者によって情報

が広まり、校門前で待ち構える連中までいるほどだ。もちろん新聞部もいる。

慣れた様子で彼らに手を振る栞は、まるでハリウッドセレブのようだった。

今、自分はその隣にいる……。

「蒼⁉ いったいどうしたんだよ⁉」

蒼の親友である直也が駆け寄ってきた。

脱オタへの挑戦を繰り返してきた彼にとって、今の蒼の姿は青天の霹靂だろう。

「ごめん、後でちゃんと説明するから……」

蒼がそう言うと、直也は「マジかよ……」と立ちすくんだ。

確かにすべてが満ちていた。あらゆる人々が自分を認めてくれているのを感じた。

それは……裁縫コンテストで優勝したときの壇上では感じなかったことだった。

「幸せだよね、あおくん」

栞が微笑みかけてくる。蒼は頷いた。

輝かしい青空の下で、これが陽キャたちの見ている世界なのかと蒼は思った。

──だが蒼の脳裏には、昨晩の愛歌の唇と胸の感触が、拭われることなく残っていた。

あとがき

お手にとっていただきありがとうございます、三原みつきです！

本作は富士見ファンタジア文庫では三シリーズ目の作品となりますが、実は担当編集さんの交代がありまして、このたびは新担当Oさんとの初の新作立ち上げとなりました。

――そのOさんが初めての電話打ち合わせで、いきなりぶっこんできました。

「時代は浮気です！　次は浮気ラブコメでいきましょう！」

そんな時代がきたらこの国は終わりだよ……。何言ってんだこの人……。

と、内心では尻込みしましたが、まだそんなことをはっきり言える間柄ではありません。

「ラノベって楽しいことを描いてなんぼでしょう？　浮気って重くないですか？」

「何言ってるんですか？　浮気は二人のヒロインと同時にイチャイチャできるんですよ。普通の恋愛より二倍楽しいじゃないですか」

「えっ……正気で言ってるんですか？　悪魔みたいな発想だな……」

しかし確かに理論上は二倍です。浮気のいや～な部分は感じさせず、しかし生々しく、背徳的な魅力だけを描き出すことができれば……作者の腕の見せどころかもしれません。

くわえて編集Oさんから「彼女キャラを浮気キャラの引き立て役にはしないで」と強く

要求されました。最高にドラマチックに結ばれた究極の彼女がいるのに、至高の浮気相手と浮気する——そんな物語にして欲しいと。……つくづく悪魔じみた発想です。

というわけで、本作は浮気のロマンを最大限に引き出すべく腕を揮った作品ではありますが、筆者の私に浮気をしたい、浮気に憧れているといった願望は一切ありません。しごく真面目な恋愛観をもった一途な男性であることを誤解なきようお願いします。真剣なお付き合いをしてくださるパートナー、募集中です。

浮気以外にも様々なテーマがこめられているので、じっくりねっとりお楽しみください。

さて謝辞に移ります。担当Oさん、「あとがきで弄られるの苦手なんです」と言っていたのにネタにしてしまって申し訳ありません。そんなOさんが「この作品にはこの人しかいない」と激推しした平つくねさん、表紙絵を見た瞬間に「この人しかいない……」と私も大納得いたしました。素晴らしいイラストの数々、ありがとうございます！

そして読者の皆様、楽しんでいただけたでしょうか？　皆様の中で浮気の時代は来ているでしょうか？　もしも楽しんでいただけたのなら、お友達に勧めたり、ネットでクチコミを広めたり、評価甘めの優しい情報発信をどうかよろしくお願いします。最近のラノベはそういったお助けがなければ本当に生き残れないので……なにとぞ、なにとぞ！

三原みつき

義妹(いもうと)は浮気(うわき)に含(ふく)まれないよ、お兄(にい)ちゃん1

令和4年1月20日　初版発行

著者――三原(みはら)みつき

発行者――青柳昌行
発　行――株式会社KADOKAWA
〒102-8177
東京都千代田区富士見2-13-3
0570-002-301（ナビダイヤル）
印刷所――株式会社暁印刷
製本所――本間製本株式会社

※定価はカバーに表示してあります。
●お問い合わせ
https://www.kadokawa.co.jp/（「お問い合わせ」へお進みください）
※内容によっては、お答えできない場合があります。
※サポートは日本国内のみとさせていただきます。
※Japanese text only

ISBN978-4-04-074331-8 C0193　◇◇◇